정하선 에세이 I

운과 귀인은
누구에게나 온다

❀ (주)이화문화출판사

목 차

3 자연은 언제나 우리에게 친절하다

1

운은 밖에서 오지만
결국은 내 안에서 온다

하늘강아지

모내기하려고 잘 갈아 곱게 써레질하여 놓은 논.

구정물 가라앉아 맑아진 물을 한참 들여다보고 앉아 있으니 흙은 사라지고 푸른 하늘이 논 가득 내려와 호수가 된다.

호수인가. 하늘인가. 그냥 하늘호수라고 하자. 흰 구름이 두둥실 떠내려간다. 평화로운 하늘. 너무나 평화로워 비행기 같은 것은 띄우고 싶지 않다.

그때다. 고요한 하늘호수에 작은 파문의 물줄기를 논두렁으로 보내며 하늘강아지* 한 마리가 헤엄쳐 간다. 그래 지금 물속에 비친 하늘 길을 가야할 건 바로 너다. 강아지. 이 세상에서 제일 작은 강아지. 달래머리 같은 두 쪽 짧은 꼬리를 이리저리 흔들며 옥빛 하늘호수를 헤

---

* 전라도 지방에서는 땅강아지를 하늘강아지라고도 함.

엄쳐 간다. 흰 구름에 닿으면 그 구름에 올라앉으렴.

아, 참, 너는 등에 고운 날개도 있지. 그 날개로 날아가는 걸 언젠가 본 일이 있다. 날아가는 강아지. 그래서 너를 하늘강아지라고 하는지 몰라.

아, 또, 있지. 두더지 발 같은 두터운 앞발. 앞발로 땅에 굴을 파고 다니는 너의 그 재주. 그래서 땅강아지라고 하지.

날기도 잘 하고, 헤엄도 잘 치고, 땅속을 아주 익숙한 솜씨로 굴을 파며 가기도 하고, 전천후로 태어난 너의 몸.

너를 손 위에 올려놓으면 손바닥에 닿는 네 몸은 선녀의 날개처럼 부드럽고 음력 삼월 삼일 열시 십오분의 햇살 같은 부드러운 온기가 스며드는구나.

너는 아마도 하늘에 사는 선녀가 키우던 강아지였나 보다.

2012. 3. 20.

작은 개

나뭇잎이 하나둘 떨어지는 가을 어느 날 저녁.
무심히 하늘을 쳐다본다. 서쪽 하늘.
무명씨 털어내는 활처럼 등이 굽은 노인 하나 천천히
가고 있다. 창백한 얼굴 몹시 말라 보인다.

가진 것 다 버리고 아무것도 없는 듯, 등에 괴나리봇짐
하나도 없다. 소유한 것이라고는 단지 하나 깨끗이 빨아
구김 한 줄 없이 다려 입은 하얀 옷.

그 뒤를 개밥바라기별 하나 쫄랑쫄랑 꼬리를 흔들며 따
라간다.
줄 같은 건 없어도 발꿈치 따라 가고 있다. 주고받는 말
은 없어도 서로 외롭지 않도록 마음을 기대어 가고 있다.

우산을 고치며

가을비가 온다.

우산을 쓰고 오는데 위쪽 꼭지 철사가 터져서 헐렁거렸
다. 아이들이 쓰고 왔다가 두고 간 우산이다. 겉으로 보
기에는 새 것이나 다름없는 우산이다.

가게에 와서 보니 쉽게 고칠 수 있을 것 같았다. 끊어
진 철사를 빼내고 다시 철사를 살 구멍에 꿰어서 홈에 넣
고 조이면 될 것 같았다. 보기에 쉬울 것 같았는데 해보
니 잘 안 되고 어려웠다. 몇 번씩 해도 안 되는 걸 보면
서 아내가 옆에서 버리고 새 것을 쓰지 그러냐고 하였다.

몇 번을 하다가 안 되겠다 하고 포기할까 하는데 갑자
기 머리에 좋은 생각이 떠올랐다. 위쪽 꼭지를 빼내고 하
면 될 것 같았다. 위쪽 꼭지를 빼내고 하니까 금방 되었
다. 이렇게 쉽게 되는 것을.

아내가 옆에서 관절염으로 아픈 다리를 만지면서 '내 다리도 저렇게 고쳐 쓴다면 얼마나 좋을까' 한다. 우산처럼 아내의 다리도 내가 고칠 수 있다면 백 번이고 천 번이고 고쳐주련만.

집에는 우산이 많이 있다. 거의가 다 한 번도 사용하지 않은 새 우산이다. 주로 행사장이나 고희 기념식에서 받아온 것들이다.

아이들이 와서 '이렇게 새 우산이 많은데 왜 헌 우산을 쓰고 다니세요.' 할 때마다 '너희들 비올 때 왔다가 비 온다고 안 가면 쫓아보내려고 그런다.' 하고 웃는다.

아이들보고 가져다 쓰라고 해도 안 가져간다.

내가 지금도 아껴 쓰는 우산은 육칠 년 전에 갑자기 쏟아지는 소나기 때문에 산 우산을 지금까지 사용하고 있다. 살이 부러지면 헌 살로 덮어씌우고 살을 맨 철사가 끊어지면 빼내고 새 철사로 갈아서 사용하였다.

나쁜 습관인지 좋은 습관인지 모르지만 고칠 곳이 여러 곳이라 이제 버려야지 하면서도 나는 버리지 못한다.

가게에는 헌 우산이 여러 개 있다. 갑자기 비가 오면 고객들에게 쓰고 가시라고 주기 위해서 놓아둔 것이다.

쓰고 갔다가 다시 가져오기도 하지만 잊고 안 가져오는 분도 있다. 가져오지 않아도 헌 우산이라 상관이 없다.

몇 년 전까지만 해도 우산을 고쳐주는 사람들이 가끔 신문기사가 되었지만 지금은 찾아보기 힘들다.

비온 뒤 학생들이 지나다니는 길가에서 버린 우산들을 의례 두서너 개씩은 볼 수 있다. 크게 부서져서 못쓰게 된 것도 아닌데 하는 생각이 들 때가 많다.

저런 우산은 조금만 손보면 쓸 수 있겠는데 하는 생각이다. 그렇다고 나는 그런 우산을 주워다 고쳐 쓸 용기는 아직 없다.

물건이 이렇게 흘러넘치는 시대에 나는 왜 우산을 고치고 또 고쳐서 쓰는 궁색함을 떨고 있는지 하는 생각을 하기도 하지만 버릇은 못 버린다.

세 살 버릇이 여든까지 간다고 했는데 어렸을 적 물자가 귀할 때 고쳐 쓰던 버릇이 지금까지 몸에 배서 버리지 못하는 습관이 된 것 같다.

우산을 고치고 나면 고쳤구나 하는 만족감도 있다.

이젠 버려야지 하면서도 고장이 난 것들을 버리지 못하고 고쳐 쓰는 버릇을 난 버리지 못하고 평생을 가져갈 것 같다.

방음벽

단 한 번도 자신의 의견을 말해본 적이 없다. 자신의 과거를 털어놓은 적도 없다. 남의 의견에 반박도 하지 않는다. 그렇다고 고개 끄덕여 긍정도 한 일이 없다. 자신의 주장을 내세워본 적은 더더욱 없다.

오직 듣기만 한다. 듣기만 하려고 이 세상에 태어난 존재 같다.

예쁜 소형차가 지나가면서 귀여운 목소리로 응석을 부려도, 고급승용차가 지나가면서 거드름을 피워도, 낡은 트럭이 지나가면서 삶의 고통을 호소해도, 대형 트레일러들이 지나가면서 우락부락한 굉음을 내뱉으며 위협을 해도 말이 없다. 고개 한 번 끄덕여주는 일도 없다. 듣기만 할 뿐, 그저 속으로 삭히고 만다.

세상길 굴러가는 수많은 소리를 듣고 있지만 모른 척 한다. 아니 듣지 않은척 한다. 불평은 물론이지만 맞장구 칠 줄도 모른다. 격려의 말도 칭찬의 말도 할 줄 모른다. 참고 있다가 언젠가 한 번쯤 툭 쏠 것도 같지만 그런 일도 없다. 인색하다고 할 정도로 무표정하다. 표정이 없는 사람 하면 생각나는 친구가 하나 있다. 친구들이 어쩌다 모여서 화투놀이를 하면 그 친구의 패는 아무도 짐작을 할 수 없다. 다른 사람은 패가 잘 들면 얼굴이 환해지고 못 들면 얼굴표정이 어두운데…. 속이 겉으로 드러나지 않는 사람은 가까이 하기가 어쩐지 어렵기도 하다.

　길을 달려가는 차량들, 보기에는 그럴 것 같지 않은 차량도 가슴에 담아둔 매연 같은 말들을 쏟아낼 때도 있다. 저마다 무슨 소리든지 소리를 쏟아내며 달린다.
　어떤 차는 빨리, 어떤 차는 느긋이, 어떤 차는 옆 차를 들이받을 듯이, 어떤 차는 앞지르기를 하면서 질주를 한다. 크고 작은 소리는 물론, 매연조차도. 듣고, 보고, 마시면서도 아무 말이 없다. 그들이 내뿜는 그런 행동들을 보는 즉시, 듣는 즉시 마음속에 깊이 감출 뿐이다.

　하는 행동들을 보고 듣고 있으면 입이 근질근질해서 어떻게 참고 있을까.

사람의 귀는 두 개 밖에 없어도 있는 말 없는 말 다 듣고 한 개 있는 입으로 부풀려 옮겨 화를 만드는 일이 허다한데, 천 개의 귀, 만 개의 귀로 다 듣고 있어도 한 마디도 하지 않는다. 헛소문이라도 될까 봐 그러는 것일까. 누군가 너에게 평생 묵언권이라는 벌칙이라도 내렸던 말인가.

그런 타의적인 것은 아닌 것 같다. 오직 소리와 고요의 경계를 자신이 책임지고 지켜야 한다는 단호한 각오라도 세우고 있는 자의인 것 같다. 스스로 제 몸을 다스리고 제 마음을 다스려 침묵하면서 수신제가 하고 있는 모습이다. 의연히 앉아 있는 모습이 군자의 도를 넘어 이미 성인의 반열에 든 것은 아닐까.

말이 없으면 부처님. 부처님은 미소라도 짓고 있는데 얼굴엔 미소도 없다. 침묵을 몸으로 실천하고 있는 바위 같기도 하다. 그러나 바위와는 또 사뭇 다른 면이 있다. 바위는 묵직한 감이 바로 느껴지는데 바위의 묵직함보다는 어쩜 얄팍함이 보이기도 한다. 수천 개의 귓구멍으로 듣고 간직한 말들 언젠가 자신이 수렁에 빠지게 되면 모두 세상에 쏟아내 이 세상을 혼란에 빠뜨릴 것 같은 우려의 마음이 생기기도 한다.

이 세상에 있는 기기들, 사물들의 소음을 들으면서 자

신만이라도 이 세상을 시끄럽게 해서는 안 된다는 묵언의 시위인가. 소리 없는 대결인가. 그러나 마스크는 쓰지 않았다. 꼭 다물고 있는 저 입.

LP판이나 녹음테이프, usb는 침묵하고 있다가도 때가 되면 자신이 들은 말을 하나도 빠짐없이 다하고 만다. 말을 담고 있으면서도 침묵하기란 이 세상 그 어떤 일보다도 어려운 일이다. TV는 하루 종일 남의 말은 한 마디도 듣지 않는다. 저 혼자 제 말만 한다. usb는 제가 들은 것만큼만 정직하게 말을 한다. 보탬도 덜함도 없다. 재판장의 증인석에 앉아 선서라도 한 증인 같다. 녹음기는 옛날 저의 할아버지인 축음기가 그랬듯이 아름다운 노래를 하다가도 가끔 술 취한 사람같이 한 말 또 하고 한 말 또 하고, 횡설수설 할 때도 많다. 씨도둑은 못 면한다고 했던가. 그래도 축음기는 남의 말을 엿듣거나, 혹시나 잘못 들은 말을 일부러 귀에 담아두려 하지 않았는데, 녹음기는 남의 말을 훔쳐듣고 고자질도 하는 모양이다. 그로서 패가망신하기도 한다지만.

그런 그들의 세상을 보면서 말을 안 하기로 다짐이라도 한 것인가. 입을 꼭 다물고 있는 폼이 말을 할 생각조차 없는 듯하다.

방음벽도 남성과 여성이 있을까.

담쟁이넝쿨로 얼굴을 가리고 있는 모습을 보면 가리개로 얼굴을 가린 수줍은 여성 같다. 저런 여자라면 입이 무거워 말을 잘 하지 않을 것이다.

그냥 근육을 드러내고 당당히 서 있는 모습을 볼 때는 햇볕에 탄 구릿빛 근육질의 남자 같기도 하다. 저런 남자도 입이 무거운 것은 마찬가지일 것이다.

여성성을 가졌든, 남성성을 가졌든 입이 무거운 집안에서 나고 자라 점잖음이 몸에 배어 있는 것만은 분명하다.

어떤 사람은 말로서 자기의 일생을 망치는가 하면, 어떤 사람은 말로서 자기를 잘 살려 대성공을 한 사람도 있다. 역사적으로 보면 유명한 한 마디의 연설을 하여 청중을 감동시키고 세계를 변화시킨 위인이 있는가 하면 말을 하지 않고 행동으로 보여서 성인의 반열에 오른 분도 있다.

그렇다면 아무리 좋은 말이라도 말을 하는 것 보다 말을 하지 않음이 더 좋은 것인가. 그렇다고 방음벽을 어느 누구도 성인이라고 칭송해주지는 않을 것인데. 말로서 말 많은 세상이라 해도 저 방음벽은 말이 누가 되어서 자신을 망치는 일은 결코 없을 것이다.

방음벽은 언제 보아도 진실성과 성실성이 보인다. 묵묵히 제자리에서 제 할 일을 수행하고 있는 말단 직원처럼.

요사이 층간소음 때문에 더러는 좋지 않은 일이 생기기도 한다. 좀 엉뚱한 생각을 해 본다. 층과 층 사이에 저 방음벽을 눕혀 놓는다면 가만히 누워서 소리는 떡 먹듯이 다 먹고 고요만 뒷전으로 밀어 시침을 뚝 떼고 있을 것이라는 생각이 든다.

　저런 정도면 저의 장점을 슬그머니 자랑할 것도 같은데, 자랑은 커녕 그런 내색을 하는 표정도 본 일이 없다. 지나는 바람결에 소문으로 들은 일조차도 없다.

　내가 시골 살 때 서울 구경을 와서 여관에서 하룻밤을 잔 일이 있다. 그때 밤새도록 질주하는 자동차소리, 수세식 변기에서 물 내려가는 소리, 어쩜 듣기 싫은 잡음들이지만 그때는 그 소리들도 듣기가 좋았다. 지금 도시에서 살면서 소리에 무디어져 있어도 그때 들은 그 소리들이 정겨움으로 다가설 때가 가끔 있기도 하다. 그러고 보니 저 방음벽도 소리에 무디어져 버린 것인가. 나처럼 언젠가 질주의 소음이 추억의 꽃으로 그 가슴에서 피어나려는지. 그러면 그 때 한 마디 하려는지, 평생 입 다물고 있었지만 모든 소리들이 다 아름다움이라 말하고 싶었다고. 그래서 마음 속 깊이 감싸 안고 있었다고.

2013. 5. 7.

웬수와 원수

아이고 저놈의 웬수 같은 새끼.
아이고 저놈의 웬수 같은 영감.
저 웬수 같은 마누라.

우리가 흔히 들어보는 말이다. 너무나 많이 듣고 살아
와서 아무렇지도 않는 말이다.
그렇다, 웬수라는 말은 아무렇지도 않는 말이다.

국어사전을 찾아보았더니
원수(怨讐) :
자기 또는 자기나라에 해를 끼친 사람.
원한의 대상이 되는 것.
원수는 외나무다리에서 만난다.
회피하려야 할 수 없는 경우에 다다른다.
남에게 악한 일을 하면 그 죄를 받을 때가 반드시 온다.

라고 되어 있다.

웬수를 찾아보았더니 내가 가지고 있는 국어사전에는 웬수라는 단어가 나오지 않았다. 인터넷을 뒤졌더니 원수의 경기, 경상, 전라도의 방언이라고 사전적 의미가 되어 있었다.

웬수라는 말은 원수라는 말과 같은 말이라는 뜻이 될 것이다.

원수는 원한이 있는 사람, 죽여야 할 사람. 복수의 대상자 등등이 될 것이다.

그렇다면 한 상에서 함께 밥을 먹고 한 이불 속에서 함께 잠을 자는 영감이나 마누라, 내 뱃속에서 나온 귀한 자식이 말 좀 안 듣는다고 죽여야 할, 복수의 대상인 원수란 말인가, 그건 아닐 것이다.

그래서 나는 웬수와 원수는 다르다는 말을 하고 싶다.

웬수는 마치 우리가 부르는 애칭 같은 말이 아닐까 하는 생각이 든다.

애증의 말이 녹아 있는, 사랑하지만 순간 조금 미운 면도 있고 짠한 면도 있는 말, 이 말이 바로 웬수가 아닐까 하는 생각이 든다.

이 말을 웬수라고 말하지 않고 원수라고 해 보자, 정말 그것은 큰일 날 소리가 될 것이다. 듣는 사람도 섬뜩할 것이다.

원수라는 말은 날이 시퍼런 칼 같은 말이지만, 웬수라는 말은 두껍고 무딘 장난감칼 같아서 가지고 놀아도 상처 나지 않는 말이 아닌가 하는 생각을 한다.

장난감칼 같은 말로 부부싸움을 하고, 아이들을 나무랄 때 쓰고.

그래서 웬수라는 말은 원수라는 말과는 엄연히 다르다고 나는 말을 하고 싶다. 국어사전에도 웬수라는 말을 다르게 표현하여 써야 할 것이다.

이런 장난감칼 같은 말을 평생 가지고 노는 우리의 어머니나 아버지는 순진무구한 삶을 살아온 사람들이다.

웬수라는 말은 우리말 중에서도 재미가 있고 정이 가는 말이라는 생각이 든다. 어머니나 아버지의 체취가 땀냄새처럼 물씬 풍겨나는,

이 비는 맞아도 괜찮아요

"이 비는 맞아도 괜찮아요."

지난 겨울 강원지방은 폭설로 고생들 하였지만 다른 지방은 눈다운 눈이 별로 오지 않았다. 이런 걸 겨울 가뭄이라고 한다.

봄이 되어서도 비는 오지 않았다. 만물이 기지개를 켜려면 봄비가 충분히 내려서 수분과 영양분을 공급해 주어야 하는데 비가 오지 않았다.

봄 가뭄이 계속되었다. 미나리와 상추를 조금 심어 놓고 매일매일 물을 주어도 잘 자라지 않았다. 날씨가 따뜻해져도 자라는 모양새가 영 신통치 않다.

길 가다 보면 고추를 비롯한 과채류나 채소류 모종을 파는 곳이 가끔 눈에 띄었다.

2014년 4월 27일 일요일 비가 오기 시작했다. 비가 많이 오지는 않았다. 우산을 쓰고 예식장에 다녀오는 길에 시장을 지나오는데 고추모종을 한 차 가득 실어다 놓고 팔고 있었다. 비가 오는 날이라 그런지 사가는 사람도 많았다.

고추모종을 사려고 모종 파는 쪽으로 가는데 위에 쳐놓은 비가림 천막에 우산이 걸리었다. 우산을 내려서 다시 고쳐 쓰는데 고추모종을 파는 아주머니가

"이 비는 맞아도 괜찮아요." 하고 웃었다.

그때야 오랫동안 가물었구나 하는 마음이 들었다. 작년 겨울부터 가뭄이 계속되었는데 직접적으로 농사를 짓지 않아서인지 오랫동안 가뭄이 계속되었다는 것을 느끼지 못하고 살아왔는데 그 말을 듣고서야 '아 오랫동안 가물었구나.' 하는 생각이 들었다.

시골서 농사를 지을 때는 오랜 가뭄이 계속되다 비가 오면 너무나 반가워 뛰어나가 맨몸으로 비를 맞곤 했는데….

오이고추 모종은 천 원에 두 개, 일반고추 모종은 천 원에 여섯 개라고 하였다. 일반고추 모종 열두 개와 오이고추 모종 여섯 개, 합해서 열여덟 개를 사가지고 왔다.

화분 한 개에 두 개씩, 화분 아홉 개에 심은 뒤 상추와 미나리를 심어놓은 곳을 보니 잎이 너울너울 생기가 팔팔하다.

날마다 물을 주어도 잘 자라지 않던 미나리와 상추가 많이 오지도 않는 비를 맞고 금방 두서너 자라도 자랄 듯 하다. 색이 진해지고 생기가 팔팔하다.

비는 친엄마같고 수돗물은 새엄마같다. 친엄마는 대충 해주어도 살이 찌고 활기가 넘치는데 새엄마는 아무리 잘해 주어도 태가 나지 않는 것처럼.

과학이 최첨단으로 발달하고 인간의 힘이 아무리 강해 진다고 해도 자연이 주는 작은 힘보다 못 미친다는 것을 다시 한 번 느끼는 순간이다.

"이 비는 맞아도 괜찮아요."

고추모종을 팔던 아주머니가 하던 이 말, 얼마나 생기 가 있고 맛이 있는 말인가.

운과 귀인은 누구에게나 온다

며칠 전 TV에 출연한 분의 이야기다.

"저는 '사랑의 택시' 기사입니다. 30대에 건설회사 사장으로 잘 나갔었는데 보증 한 번 잘못 서서 전 재산 다날리고 알거지가 되고 노숙자가 되었습니다. 유서를 써서호주머니에 넣고 다녔습니다.

하루는 목포 유달산에 가서 바다를 보면서 맥없이 앉아있었습니다. 어떤 노부부가 다가와서 곁에 앉으며 물었습니다.

'여기 분은 아닌 것 같은데 어디서 오셨는지요.'

그래서 지나온 얘기를 대충하였습니다. 노인이 하시는말이 자기들도 부산에서 큰 신발공장을 하다 부도가 나서 도망쳐온 곳이 목포였다고 하였습니다. 목포에 와서안 해본 일 없이 하다 보니 지금은 그런대로 살게 되었다고 하면서, 당신 얼굴과 귀를 보니 돈이 붙게 생겼으니 빨리 서울로 다시 올라가서 가족들과 함께 살면서 박스를 줍든지 아니면 수위나 경비라도 해서 살 도리를 하지 왜 이러고 있느냐고 하는 말을 해주었는데, 그 말이 마치 망치로 머리를 쾅, 한 대 얻어맞은 것 같은 느낌이 들었습니다.

바로 그 길로 열차를 타고 서울로 올라왔습니다. 일거리를 찾아다니던 중 하루는 교통회관 앞을 지나는데 사람들이 줄을 서 있었습니다. 여기서 무엇을 하는데 이렇게 줄을 서 있느냐고 물었더니 택시기사 시험을 보려고 원서접수를 하는 중이라고 하였습니다.

나도 할 수 있을까 하고, 어떤 자격을 가진 사람이면 할 수 있느냐고 물었습니다. 아무나 할 수 있다고 하였습니다.

원서를 사서 접수를 하고 시험을 보았습니다. 두 번 만에 합격을 하였습니다. 그렇게 해서 택시운전을 하게 되었습니다.

몇 달이 지나도록 손님이 타도 '어서 오십시오' 하는 말이 입에서 나오지 않았습니다. 손님도 제대로 못 받는 형편으로 운전을 하였습니다.

그러던 중 어떤 승객 한 분을 태우고 상당히 먼 거리를 가게 되었습니다.

그 승객과 가면서 이런 얘기 저런 얘기 나누게 되었는데. 그 손님이 하는 말이 자기는 3일 후에 외국으로 떠나간다고 하면서 이 택시의 이름을 지어주고 떠나고 싶다고 하였습니다.

택시 이름을 '사랑의 택시'라고 지어주었습니다. 이 이름을 붙이고 다니면 좋은 일이 있을 것이라고 하면서, 이 이름을 택시에 붙이고 다니라고 하였습니다.

'사랑의 택시'라는 이름을 붙이고 다녔더니 많은 사람들이 알아보고 이용을 해주어서 지금 대성공이라 생각을 하면서 살고 있습니다."

그 분 하는 말이 '언제나 재기할 수 있는 운은 누구에게나 다 있고, 누구나 귀인을 만나는 기회는 온다.'라는 신념을 갖고 살아가라고 하는 말을 하였다.

혹시라도 의지가 꺾이는 일이 있거나 어깨 처지는 일이 생기면 이 분의 말을 되새겨보면 힘이 될 것 같다, 라는 생각이 들어서 여기 써 본다.

보증은 부자간에도 서주면 안 된다는 말을 우리는 자주 듣고 산다. 하지만 사람이 살다 보면 어디 그대로만 살 수가 있는가.

운과 귀인은 누구에게나 온다는 말을 잊지 않고 살아간다면 운명의 신은 기회를 안겨 주리라. 평생에 좋은 기회는 세 번 찾아온다고 하지 않았던가.

내가 살아온 길도 가끔 뒤돌아 볼 때가 있는데 크든 작든 열심히 살 때 기회는 생각지 않은 곳에서 예상치 못한 좋은 일을 가지고 찾아왔었던 것 같다.

낭떠러지에 선 사람이 있다면 어깨 다독거리며 말해주고 싶다. 쾅하고 한 대 얻어맞은 충격이 가도록.

2

내년에도 말하리라 당신에게,
고맙고 또 고맙다고

당신과 함께 정상에 오르고 싶다

저곳은 높지 않아요
내가 당신 손잡고 오르면
금방 오를 수 있어요
조금만 더 힘을 내봐요
작년에 계양산도 올랐지 않았어요
그때 당신이 어린애처럼 좋아했던 모습
그 모습 한 번 더 보고 싶어요
내년에는 더 오르기 어려울 거예요
내 손을 잡아요
조금만 더 오르면 돼요
힘을 내세요, 하루가 걸려도
다른 사람들 반 시간 가는 거리.
가보자고요 당신과 함께
오늘 꼭 저 정상에 오르고 싶어요

우리가 지나온 길보다 더 험하기야 하겠어요
우리가 지나온 길보다 더 힘들기야 하겠어요
젊은 시절 봉두산 그 높은 곳에
하루에도 두 번씩 올라가 이고 지고 나무 해오던
당신의 젊음 당신의 힘 도대체 누가 가져갔는지
자 내 손을 잡아요
조금만 더 오르면 돼요
당신 무릎 몹시 아프고 숨이 목까지 차도
내 손잡고 오르면
금방 오를 수 있어요
우리 죽기 전에 손잡고 올라가
세상을 한번 내려다보자고요
우리가 걸어왔던 길 한번
다시 내려다 보자고요
조금만 더 오르면 돼요
자 내 손을 잡아요, 어서

11월 어느 일요일. 남한산성 구경이나 하자고 아내와
함께 집을 나섰다.
　아내는 여행 다니는 것을 무척 좋아한다. 뒷골목도 여
행이라고 하면 좋다고 할 것이다.
　나는 여행을 다니는 것보다는 집에 있는 것을 좋아하는

편이다.

어쩔 땐 아내와 내가 여자와 남자로 서로 바꾸어 태어나서 만났더라면 하는 생각을 할 때도 있다.

시골 살 때는 친구 모임이나, 동네 분들이 함께, 또는 갑계에서, 등등 하루 코스의 여행은 자주 가는 편이었다. 이삼일 코스의 여행도 매년 한두 번쯤 다녔다. 도시로 이사와 살면서 장사를 하다 보니 시간 여유도 없고 모임 같은 것도 없어져서 여행 갈 기회가 거의 없어졌다. 여름 되면 피서 정도로 겨우 계곡 바람이나 쐬러 다녀오는 편이다.

아내는 가끔, 가끔이라고 해보았자 일 년에 한두 차례 정도. 가까이 사는 딸이 함께 가자고 하면 바람을 쐬고 오긴 하지만 욕구불만이다.

이제 장사도 잘 안 된다. 상가도 일요일이면 쉬기로 했다. 일요일에는 아내와 함께 비교적 가까운 근교를 다녀오곤 한다.

남한산성에 한 번 가보자고 몇 번 말만 하고 아직 못 가 보았다. 오늘은 벼르고 벼르던 남한산성을 가보자고 아내와 함께 나섰다.

가까이 사는 큰 딸에게 전화를 해서 같이 가자고 했더

니 함께 가려고 왔다.

전철을 서너 번 갈아탔다. 모란시장역에 내렸다. 장을 한 바퀴 돌면서 구경을 하였다. 금강산 구경도 식후경. 점심을 먹고 올라가자고 하였다. 식당을 고르면서 염소고기 간판을 쳐다보고 먹자고 했더니 딸은 염소고기를 안 먹는다고 한다.

"아버지는 염소고기를 드세요." 하는데 "함께 가서 같이 먹어야지 따로 먹으면 되냐." 고 말하고 딸이 좋아하는 팥죽을 먹자고 하였다. 나도 팥죽은 좋아한다.

좌판 두어 개를 펼쳐놓고 하는 죽집인데 장사가 잘되는 것 같다. 접시에 비닐을 씌우고 거기에 죽을 담아주고 다 먹으면 비닐만 벗겨서 버리는 모양이다.

설거지를 하지 않아도 되는 방법을 보고 속으로 혼자 '아, 대단하다' 하는 말이 저절로 나왔다.

팥죽의 달달한 맛이 내 입에 딱 맞는 맞춤이어서 간단한 식사여도 흡족한 대접을 받은듯 하였다.

다시 전철을 타고 남한산성입구역에서 내려서 보니 산이 낮아 보이고 거리가 그리 멀지 않아 보여서 천천히 걸어가자고 하고 걸었다.

무릎이 퇴행성관절염으로 좋지 않은 아내 때문에 몇 번

을 쉬어야 했다. 처음에 볼 때는 가깝게 보이던 길이 이제 멀게 느껴졌다. 버스가 산성까지 올라간다고 하였는데 어떤 버스가 가는지 알 수가 없었다.

딸이 택시를 타고 가자고 하면서 택시를 잡았다. 불과 몇십 미터 가서 '여기가 산성입구인데 여기서 걸어가면 한 30분이면 올라간다.'고 하면서 우리를 내려주고 택시는 가버렸다. 오면서 보니 차가 밀려 산성까지 올라가면 오고 가는데 시간이 많이 걸리는 관계로 그런 것 같았다.

많은 사람들이 줄을 이루어 올라가기도 하고 내려오기도 하였다. 산은 그리 높지 않아 보였다.

조금 오르고 쉬고, 조금 오르고 쉼을 반복하였지만 아내는 그래도 힘들어 했다.

처음 오를 때는 그런대로 손잡고 이끌어준 대로 오르더니 중간에서는 아예 갈 수 없다고 나와 딸만 다녀오라고 하였다. 처음 올라갈 때는 단풍을 보고 곱다고 하기도 하고, 쌓아놓은 돌탑들을 보면서 신기해 하기도 하였으나 다리가 아프니 만사가 귀찮은 모양이다. 구경이라 하면 그렇게도 좋아했는데, 하는 생각에서 짠한 마음이 가슴에 편치 않는 돌멩이를 얹는다.

이제 돌아갈 수도 없다. 계륵이 되어버렸다. 올라갈 길보다 돌아갈 길이 더 멀어진 탓이다. 돌아갈 길이 가까우면 포기하고 오고 싶은 마음이 더 간절했다. 산성에 올라야 버스로 내려올 수 있으니 천천히 올라가 보자고 격려하면서 결국 산성에 올랐다.

아내는 떨어져 물에 젖은 나뭇잎이 되어 낮은 바위에 앉아버리고 딸과 나만 산성 누각 주변을 조금 돌았다.

아프고 슬픈 역사의 편린들을 시간으로 가려 덮어버리고 모른 채 아니면, 알고도 있으련만 속으로 앓고 서 있는 소나무의 겉모습은 충신의 넋인양 아름다운 푸름이고, 보필하고 우거져 비단 치마를 두른 단풍은 눈 가득 화려함을 안겨주었다. 사방이 안약인듯 시원하다.

시간이 얼마 없다. 올라올 때 시간을 많이 허비해서 빨리 내려가야 한다. 늦으면 버스 타기가 어려울 것 같다. 산성 마을에 내려와 보니 버스 타려는 사람이 길게 줄을 서있었다. 버스는 거의 줄을 이어서 왔다. 버스에 자리를 잡고 탈 수 있어서 그나마 다행이었다. 버스를 타면서 보니 버스번호가 모란시장 앞에서 본 버스다. 옆에 산성 마을이라고 쓰여 있어서 산성 정상으로 가는 것이 아닌가 보다 하고 타지 않았었는데, 모르면 몸이 고생을 한다는 말이 우리에게 딱 들어맞는 말이 되었다.

여행정보를 자세히 몰라서 아내를 고생만 시킨 것이다. 확실히 알아보고 왔어야 했는데, 한없이 아내에게 미안한 마음이 들었다.

아내는 그렇게 고생을 했으면서도 나에게, 당신 덕에 여기까지 올라올 수 있었다고 고맙다고 몇 번이고 말하면서 좋아하였다. 부부 사이인데 당연지사, 그런 걸 가지고 고마워할 것도 아닌데 말이다.

내년에 다시 산성 구경을 오리라. 벚꽃이 필 때나 아니면 단풍 물든 가을에. 버스를 타고 산성에 올라 많은 식당들 중에서 멋있는 곳으로 골라, 점심도 사 먹고 긴 하루를 여유롭게 보내면서 산성 구경을 다시 하리라. 아내와 함께.

그때도 아내는 얘기하겠지, 날 쳐다보면서 '여기까지 데리고 와주어서 고맙고도 고맙고 감사해요.'라고.

"여보 고생 많이 하고 힘들었제, 그래도 좋긴 좋지 않아. 이렇게 함께 올라오니. 내년에도 또 오자고." 나는 이렇게 말할 것이다, 올해처럼.

사과

고향에서 익은 감이 한 박스 왔다.

농사일에 눈코 뜰 새 없이 바쁠 것인데 해마다 이맘때면 감이나 농사지은 것을 부쳐주시는 분께 고맙기도 하지만 미안하기도 하다. 잘 받았다는 인사 전화를 드리고, 박스를 열자 속에 단감이 반 박스 정도 들어있고 떫은 감이 반 박스 정도 들어있다. 팥과 검정콩이 비닐봉지에 담겨서 감 위에 놓여있었다.

단감은 부유와 차랑 이라는 품종의 감으로 맛이 잘 들었지만 떫은 감은 월하시인데 붉게 익긴 익었지만 홍시가 되려면 얼마쯤 더 기다려야 할 것 같다.

"시골서 감이 왔다. 와서 조금 갖다 먹어라." 가까이 사는 딸에게 전화를 했다. 떫은 감을 좋아하는 딸이 오면서 사과를 한 봉지 사 가지고 왔다.

월하시를 하나 물에 씻어 먹었다. 아직 떫은맛이 강해 목이 칼칼하고 막히었다. 반이나 먹다 버렸다.

딸이 보고 있더니 플라스틱 밀폐용기에다 떫은 감을 몇 개 담고, 거기에 사과를 한 개 넣어두면서, 홍시가 빨리 될 것이라고 한다. 홍시가 된 후에 드시란다.

이삼 일 지나서 보니 홍시가 된 것이 하나 둘 눈에 들어왔다.

떫은 감을 탈삽 시키려면 소주나 가스에 넣어두면 홍시가 되는 경험은 한 일이 있었으나 사과를 넣어서 홍시를 만드는 일은 처음 해보는 방법이다.

사과는 맛과 향이 좋은 본성을 가진 일등 과일인데 떫은맛을 가진 다른 과일과 함께 서너 밤을 보내자 다른 과일을 달게 만들어놓는 덕성도 가졌구나.

떫은 감이 탱자나 개살구를 만났다면 어떻게 되었을까.

사람은 누구를 만나느냐에 따라 인생길이 바뀌는 일이 많다.

정치인과 인연을 맺어 훌륭한 정치인으로 승승장구하여 대통령까지 되는 사람도 있다. 능력 있는 사업가와 만남으로 창업을 하여 대 성공을 하는 사람도 있다. 큰 부잣집에 식모로 들어가서 성실하게 한 결과 그 부자가 길을 열어주어 잘 살게 된 사람도 있다. 부자가 되려면 부자와 어울려야 한다는 말도 있다. 그러나 가난한 사람이 부자 사귀기가 어디 그리 쉬운 일이든가. 부자는 부자끼리 정치인은 정치인끼리 사업가는 사업가끼리 어울리는 것이 세상 이치가 아닌가.

맹자 어머니가 이사를 세 번 간 이야기가 아니더라도 인품이 좋은 부모를 만난 아이. 학교에서 훌륭한 선생님을 만나 좋은 교육을 받고 사랑을 받은 학생. 어릴 때 좋은 친구와 어울린 아이가 성인이 되어서도 훌륭한 사람이 된 것을 우리는 주위에서 많이 본다. 사람들이 외면하는 사람과 어울리다 망쳐버린 인생길을 걷는 경우도 흔치 않은 세상이다.

떫은 감 같은 사람도 사과 같은 사람을 만나 함께 어울리면 향기롭고 달콤한 사람이 될 수 있다. 그 기운을 받아 떫은 마음을 가진 사람이 달콤하고 향기로운 정신의 사람으로 변화가 된다면 이 얼마나 좋은 일이며 아름다운 인연이 되겠는가.

사과의 향기가 오늘은 더 상큼하다.

고맙다는 말

나는 '감사합니다', '고맙습니다' 하는 말을 잘 못하고 살아왔다. 아니 거의 못하고 살아 왔다. 아니 거의 안 하고 살아왔다.

내 마음은 항상 사회에 대한 불만으로 가득 찬 삶을 살아왔다.

무척 내성적이어서 남에게 말을 잘 못하는 아이로 자라온 나.

부모가 없이 자라면서, 할머니 보호 속에 자라면서 내 성격은 그렇게 되어버린 것이 아닌가 하는 생각을 가끔 한다. 하지만 그것은 핑계에 불과할 것이다. 내 못된 본성 탓이리라.

모든 사람들이 나를 위해 주기를 바라는 착각을 하면서 나는 살아온 것이다. 내가 부모가 없어서 불쌍해서 동정으로 날 위해주었던 것을 나는 모르고 착각했던 것이다.

그러니 '감사합니다', '고맙습니다' 하는 말이 나올 리 없었을 것이다.

고집 세고 불평불만 많은 젊은 사람. 내성적이어서 내 말을 남에게 할 줄 모르는 사람, 내 의견을 남에게 속 시원하게 할 줄 모르고 속으로 따리 틀어 고집만 칭칭 감고 있던 사람, 그게 바로 젊었을 적 나였다.

나이 먹어서, 50이 넘어서면서 조그만 가게를 시작했다. 고객이 물건을 사 가면 억지로라도 '고맙습니다'란 해야 했다. 처음에는 그 말이 잘 안 나왔지만 몇 번 하다 보니 쉽게 되었다. 예식장에 일 때문에 나가서도 관계되는 사람을 만나면 '고맙습니다'란 말을 해야 했다. 유치원에 나가면서도 처음에는 어색했던 '감사합니다'란 말이 '고맙습니다'란 말이 한 마디씩 나오게 되고 늘어가면서 이제는 나보다 나이 어린 사람에게도 아니, 아이들에게도 '해라'의 말이 잘 나오지 않고 '하세요' 하면 될 것을 '하십시오' 하는 말을 해놓고 나 자신이 웃을 때도 있지만, 내가 오히려 편안함을 느낄 때가 많다.

예식장 뷔페에서 밥을 먹을 때 아르바이트하는 젊은이들이 "빈 접시 치워드릴까요." 물으면 "네, 고맙습니다." 하는 말이 저절로 나오는 습관이 몸에 배고 부터는 내 마음이 내 마음에게 '고맙습니다'란 말을 해 주는 것 같아 정말 편안함을 느낀다.

밥 먹고 살기 위해 바꾼 내 습관이지만 그 습관이 내 마음을 행복한 마음으로 만들어 주리라고는 생각도 못했는데 지금 나는 바뀐 내 말 한 마디 때문에 행복해 할 때가 더 많음을 느낀다.

궁궐 나들이 하루

2014년 5월 4일 일요일. 가게가 쉬는 날이다.

예식장 일도 오늘은 없다. 가게를 하는 사람들은 일요일이 쉬는 날은 아니다. 작은 가게일수록 일요일에 쉬지 않는다. 내가 하는 가게도 연중무휴였다. 몇 년째 장사가 안 된다. 일요일은 더욱더 장사가 안 된다. 장사가 안 되자 상가 사람들이 일요일은 쉬자고 의논이 되어서 2년째 일요일에 쉬고 있다. 나는 토요일과 일요일에 예식장에 나가는 일을 하고 있어서 일요일도 쉬는 날은 별로 없었다. 이번 일요일은 예식장 일도 없어서 쉬는 날이 되었다.

집에 하루 종일 있기도 지루한 일이다. 집사람은 밖에 나가기를 좋아한다. 궁리 끝, 창경궁에 가본 지도 오래되고 해서 집사람에게 창경궁에 가보자고 했다. 인터넷 검색을 해보니 제일 가까운 역이 혜화역 4번 출구로 나와 있다. 다음이 안국역이다.

오늘 저녁 무렵 비가 온다는 예보가 있었다. 아침 날씨는 좋다. 만약을 모르니 우산을 가지고 가자는 집사람의 말에 수긍을 하고, 지금 날씨가 좋으니 우산을 하나만 가지고 가자고 하였다. 우산을 조금 큰 걸로 하나를 찾아들었다.

집사람과 함께 전철을 타고 제기동역에서 내렸다. 서울 간 길에 경동시장에 내려서 볼일을 한 가지 보고 오기 위해서다. 경동시장에 들러 하수오를 한 근 사서 가루로 내었다. 근처 식당에 들려서 불고기 백반으로 점심을 먹었다. 옛날에 주꾸미 불고기로 맛있게 식사를 한 적이 있어서 그 골목으로 갔다. 그때 장사가 잘된다고 옆집으로까지 늘려서 2·3·4·5호점까지 식당을 하고 있었는데 그 식당들은 다 없어지고 대신 불고기 식당이 하나 있었다. 사람들은 많았지만 음식은 별로였다. 반찬은 젓가락이 가기를 거부할 정도였다. 불고기에 밥 한 공기를 겨우 먹었다. 싸든 비싸든 돈 주고 사 먹는 음식이 맛이 없으면 안 먹을 수도 없고 짜증 나는 일이다.

식사를 하고 다시 전철을 탔다. 동대문에서 갈아타고 혜화역에서 내려 4번 출구로 나갔는데 길을 알 수 없었다. 두 번을 물어 창경궁에 도착했다. 길을 물을 때마다 사람들은 참 친절하게 잘 가르쳐 주었다. 인터넷 검색에서 약 200m라고 했었는데 그보다는 훨씬 더 멀게 느껴졌다.

날씨도 좋은데 우산을 괜히 챙겼다는 생각이 가끔 들었다. 우산이 크게 짐 되는 것은 아니었지만 우산과 약봉지를 들고 다니니 그것도 짐으로 느껴졌다. 다른 사람들은 우산을 가지고 다니는 사람이 없었다. 다른 사람도 우산을 다 가지고 다니면 그렇지 않았을지도 모르는데, 우리만 가지고 다니니 더 불편한 생각이 들었는지도 모른다. 이렇게 사소한 작은 일 하나도 비교를 하면서 사는 게 사람인가 하는 생각이 들자 입가에 작은 웃음의 파문이 미풍처럼 퍼져나갔다.

65세 이상 무료입장이다. 신분증을 제시하고 무료입장권을 받아 입장을 하려는데 입장권을 받는 분이 내가 든 하수오가 들어있는 검은 봉지를 보면서 "음식물은 드시면 안 됩니다."하고 주의를 주었다. 집사람이 화장실이 급하다고 하는데 화장실 표시가 잘 되어있지 않아서 한참을 헤매다 겨우 찾았다. 입구에서 상당히 멀고 외진 곳에 있었다.

아내를 기다리며 서 있는 동안 눈은 앞에 있는 안내판으로 간다. 읽어보니 인화물질, 애완동물, 음식물, 돗자리 등은 반입금지 물품으로 쓰여 있다.

안내판을 다 훑어보고 눈은 바람기 많은 사내처럼 금새 관람권으로 발길을 옮긴다.

관람권에는 창경궁 약사가 한글과 영문으로 적혀 있다.

창경궁 약사

1484년 조선 성종이 선왕의 세 왕비를 모시기 위하여 지은 궁궐이다. 창덕궁과 함께 동궐이라 불리면서 하나의 궁역을 형성하면서도 독립적인 궁궐의 형태와 역할을 가졌다. 사도세자가 뒤주에 갇혀 죽음을 당한 곳, 숙종 때 인현왕후와 장희빈 이야기, 일제강점기 때 창경궁에서 창경원으로 격하 등 많은 역사적 이야기를 담고 있다.

라고 쓰여 있었다.

어릴 때 창경원에 동물구경을 온 일이 어렴풋이 떠오른다. 창경궁을 창경원이라 했다. 일본 놈들은 궁궐에 동물원을 만드는 못된 짓도 서슴치 않았구나 하는 생각이 떠올랐다.

530년의 역사, 건물은 그대로지만 그동안 그 안에서 얼마나 많은 역사적 일들이 있었던가 하는 생각이 머리를 스쳐 지나갈 때다.

갑자기 회오리바람처럼 바람이 불고 거센 모래바람이 불어 눈을 못 뜨게 하고 지나갔다.

창경궁을 한 바퀴 천천히 둘러보았다. 세 왕비가 궁녀들을 거느리고 봄 한나절을 즐겼을 그 때를 상상하며 발자국을 포개면서 천천히 아주 천천히 궁을 걸어 한 바퀴를 돌았다. 궁도 좋지만 숲이 더 좋다는 생각이, 아니 그보다는 궁과 숲이 너무나 잘 조화를 이루어 더 아름답다는 생각이 머리에 상큼한 생각으로 떠나지 않고 자리를 잡는다.

한 바퀴를 다 돌았을 무렵 서쪽 계단 위쪽에 사람들이 많이 서 있는 것이 보였다. 궁금하여 올라가 보았더니 창덕궁으로 가는 문이 있다.

여기서 다시 65세 무료 관람권을 받아 입장을 하고 보니 얼마 전 개방된 후원으로 가는 길이 있다. 개방된지 얼마 안 된 후원 구경을 하고 싶어 들어가는 방법을 물었다. 그곳은 무료관람이 없고 누구나 5,000원을 주고 표를 사야 하는데 오늘 표는 이미 다 매진되고 들어갈 수 없다고 한다.

포기를 하고 창덕궁으로 발길을 돌렸다. 인터넷 검색을 할 때 누군가가 올려놓은 글에 '창경궁은 사람이 많은데 바로 옆에 있는 창덕궁은 사람들 관심이 별로 없는 듯 한산했다.'고 쓰여 있었는데 그 와는 반대로 창경궁은 사람이 한산했는데 창덕궁은 관람객이 많았다.

특히나 외국인들이 내국인보다 훨씬 많음을 느꼈다. 언

젠가 맛있는 족발집을 검색하고 찾아갔더니 장사가 안 돼서 문을 닫은 집을 올려놓아서 허탕을 친 일이 생각이 났다.

창덕궁 관람권에는 이런 설명글이 쓰여 있었다.

창덕궁 약사

1405년 조선 태종 때 지은 제2의 왕궁이다. 임진왜란 이후 순종 때까지 약 270여 년간 조선의 정궁 역할을 하였다. 원형이 잘 보존되어 있다. 조선궁궐로서 후원이 다양한 연못, 정자, 수목 등은 자연과 잘 조화된 한국 전통 조경의 진수를 보여주고 있으며 1997년에 유네스코 세계유산으로 등재되었다.

라고 쓰여 있었다.

집사람은 다리가 불편하여 자꾸만 앉아 있을 곳을 찾고, 나 혼자 사람들 틈에 끼어서 이 곳 저 곳을 돌아보며 역사의 숨결을 느끼면서 핸드폰에 사진을 몇 장 담았다.

창덕궁 정문으로 나오면서 안내하는 분에게 가까운 전철역을 물었다. 안국역이 제일 가까운데 왼쪽으로 조금 가면 있고 앞으로 바로 가면 종로3가역이라고 친절하게 가리켜 주었다. 고맙다는 인사를 하고 나오면서 안국역으로 가면 갈아타야 하는데 종로3가역으로 가면 집 방향으로 오는 1호선을 바로 탈 수 있어서 종로3가역으로 왔다.

혜화역에서 창경궁 가는 거리보다 종로3가역에서 창덕궁까지의 거리가 더 가까운 거리라는 생각이 들었다.

아침에 갈 때는 빈 자리가 있어 앉아서 제기동까지 갔었다. 저녁에 돌아올 때는 빈 자리가 없었다. 다행히 경로석에 앉았던 나이가 그리 많지 않아 보이는 아주머니가 일어서며 자리를 양보를 해주었다. 다리 아픈 집사람이 고맙다고 하면서 앉았다. 나는 서서 오다 구로역에선가 자리가 생겨 앉았는데 그만 졸음이 쏟아져 깜박 잠이 들었다. 먼 빛이나마 아름다운 왕비가 궁을 걷는 모습을 보는 꿈이라도 꾸었으면 하련만 그냥 깊은 잠만 자고 오다 아내가 내릴 때 되었다고 깨워서 일어났다.

부평역에 내렸더니 세찬 바람과 함께 굵은 비가 쏟아진다. 우산을 가지고 다니면서 하루 내내 귀찮아했던 마음이 금세 사라지고 '다행도 천만다행이다'는 말이 나온다.

오늘의 날씨가 궁궐의 역사에 덧옷을 입혀주는 형상이다.

빈 그릇이네

"잘 묵었는디 그냥 빈 그릇이네."

"씻어갖고 오믄 담에 또 못 얻어 묵는다고 해서 그냥 가지고 왔네."

시골 살 때 흔히 듣던 말이다.

음식을 이웃집에 드리면 받아먹고 그릇을 되돌려줄 때 하는 말이다.

나누어준 음식을 반갑게 받아먹고, 다른 음식이나 물건을 답례로 가져오지 않고 빈 그릇을 돌려주면서 하는 말이다.

음식을 받아먹고 때로는 그릇을 씻어줄 여건이 안 되었을 때 그릇을 못 씻고 되돌려주면서 "씻어갖고 오믄 담에 또 못 얻어 묵는다고 해서 그냥 가지고 왔네." 하기도 한다.

흔히 쓰는 말 속에 숨은 애교가 미소를 띠고 있다.

이런 말을 바로 문학적 언어라고 나는 말하고 싶다.

시골 살 때 듣던 말로 '도시 사람들은 물도 사 먹는데 어떻게 살까' 하는 말도 많이 들었다.

먹는 물은 말할 것도 없다. 수돗물로 빨래를 하고 화장실도 수돗물을 쓴다. 시골에서는 먹을 물은 우물에서 길어다 먹고 빨래는 개울물이나 우물물로 한다. 또는 집에 가정용 우물이 있다. 돈이 들어가는 물이 아니다. 빨래물도 화장실물도 사서 써야 하는 것이 도시생활이다. 허드렛물도 돈을 주는 물을 써야 한다. 도시서는 하수도 요금도 내야 하니 쓴 물을 버리는 데도 돈을 내야 한다.

야채 한 포기도 돈을 주고 사다 먹어야 한다.

물도 사 먹는 도시에서 음식을 혹 나누어먹는 일이 생긴다면 빈 그릇으로 되돌려 줄 수 없는 마음이 들기 마련 이리라.

누가 음식을 주어서 먹을 때는 갑작스럽게 먹게 되어 답례로 무엇을 그릇에 담아 되돌려 드려야 하나 하는 작은 고민을 할 수도 있다.

몇 년 전 겨울 김장을 하였을 때다. 아는 분께 김장김치를 한쪽 드렸더니 너무나 맛있게 먹었다고 하면서 그릇에 선물을 담아 오셨다. 다음에는 김장을 하면 김치 한

쪽이라도 드리고 싶어도 부담을 드릴 것 같아서 망설이다 드리는 것을 포기할 때도 있었다.

　나 역시 이웃에서 음식을 주어서 먹게 되면 무엇을 답례로 드려야 하나 하는 생각을 한다.
　시골 살 때 같으면 "잘 묵었는디 그냥 빈 그릇이네." 하면 될 일인데 도시 생활에서는 그렇게 하면 큰 결례가 될 것 같은 생각이 든다.
　물론, 그렇게 하면 될 일이다. 그렇게 하면 오히려 마음 편할 일이다. 주는 사람이 도시가 되었던 시골이 되었던 무엇을 바라고 주는 것은 아닐 것이다.
　하는 생각을 속으로 하면서도 그럴 수 없는 것이 도시 생활습관으로 도깨비바늘처럼 몸에 달라붙는 걸 어떻게 하여야 할지?

　울타리에 달려있는 풋호박 한 덩이를 뚝 따주기도 하고, 지나가는 길에 주인이 없어도 내 것처럼 따 먹고 "나 호박 한 덩이 따 왔네." 하던 때가 수묵으로 번지는 그리움이다.

보름달

아침 6시에 일어났다.
아침 6시경에 일어나는 것은 한 1년 정도 되었다.
옛날에는 7시경에 일어났는데 1시간을 앞당긴 것이다.
특별한 이유는 없다.
저녁에 11시에 잠들던 것을 10시로 당긴 이유밖에는.

10시로 잠자는 시간을 당긴 이유는 정말 사소한 일에
서 비롯되었다.
가게에서 9시에 퇴근, 집에 오면 9시 반 정도 된다.
씻고 나면 10시경이다. 컴퓨터 켜고 메일 확인하고 나
면 10시 반, 10시 반에 컴퓨터 끄고 아내와 화투를 30
분 친다. 11시에 잠자리에 들면 바로 잔다.
아내는 가게에서 6시나 7시경에 온다. 그때부터 혼자
앉아 TV를 보거나 혼자 화투놀이를 한다.

심심하기 이루 말할 데 없을 것이다.

해서 화투놀이를 30분 해 준다. 그렇다고 내가 화투를 잘 치는 것도 아니다. 아내 역시 마찬가지다. 아내나 나나 어디 가서 10원짜리 내기 화투도 못 치는 실력이다.

껍데기가 5개면 1점인 줄 알고 화투 점수 계산을 하였는데 다른 사람 치는 것을 보니 껍데기 10개가 1점이었을 정도다.

시간 보내기로 짝만 맞추어주는 화투놀이였지만 30분 화투놀이를 해주면 아내의 얼굴이 확 밝아진다.

그렇게 족히 이삼 년을 보냈을 것이다.

아내의 욕심이 차츰 많아졌다.

화투 치는 시간을 늘리려 하고 컴퓨터에 앉아 있는 30분을 줄이기를 바라더니 컴퓨터 아니면 못 사냐고 결국 투정을 부리는 일이 많아졌다.

그러던 어느 날 내가 화를 내고 컴퓨터를 꺼버리고 화투놀이도 해주지 않고 10시에 누워버린 것이 길이 되어 일 년 정도나 되었다.

그때부터 컴퓨터도 안 하고 화투놀이도 안 하고 퇴근하면 몸 씻고 TV을 보다 10시에 잠자는 것이 습관이 되어버렸다.

아내는 아침 6시경에 일어나 운동을 나간다. 무릎 관절염 때문이다. 아내가 나가면 나는 일어나서 컴퓨터 켜고 메일을 확인한다. 원고 정리할 것이 있으면 원고 정리를 한다.

아내는 7시경에 들어온다.

옛날에는 아침 운동도 아내와 함께 다녔었는데…….

함께하는 운동도 취미생활도 놀이도 부부간에는 영원히 지속될 수 없는 것인가? 문화센터에 댄스를 하러 오는 부부들은 다른 사람보다 유난히 더 티격태격하는 모습을 자주 보았다. 집에서 함께 하는 사소한 화투놀이도 그런가 보다.

하물며 세상사 다른 일이야 어쩌랴. 계속하다 보면 욕심이 생기고, 욕심이 늘어 만월이 되면 결국 다시 이지러지는 일이 생길 것이다.

메일을 확인하려고 컴퓨터를 열기 위해 전원 스위치를 꽂고 기다리는 동안 바로 곁에 있는 창을 열었다.

창은 서쪽 창이다.

창을 열자 시원한 가을바람이 쏴 하니 들어왔다. 아침 바람이 상쾌하다.

하늘 역시 티 한 점 없는 옥빛이다.

전형적인 가을 하늘이다.

하늘에 약간 이지러진 달이 희미한 모습이지만 뚜렷이 떠있다.

추석 지난 지가 며칠 되었으니 오늘이 아마 음력 스무날쯤 되었을 것이다.

추석 지나고 얼마 지나지 않은 것 같은데 달이 상당히 많이 이지러져 있다.

며칠 전 추석 달이 슈퍼문이라고 매스컴에서 떠들고 아주 큰 보름달이 당당하게 하늘에 떠 있었는데. 제아무리 큰 보름달이라 해도 가득 차면 이지러지기 마련인 것이 세상 이치가 아니던가.

하늘에 별들은 자취를 감추고 하나도 없고 달만 있다.

창에는 별이 몇 개 떠 있다.

하늘에 별이 아니고 창문에 붙여놓은 별이다.

내가 살고 있는 이 방은 3층인데 옛날 유치원으로 사용했던 곳이다. 7층짜리 커다란 건물인데 1층은 교회였고 3층이 유치원이었던 건물이다.

교회가 망하여 경매로 넘어간 건물을 집주인이 낙찰받아 세놓은 집에 내가 세 들어와 살고 있다.

내가 전세로 들어와 산지 벌써 9년째다. 곧 나가야 하겠지만……

창에는 별들이 몇 개씩 있다. 북쪽 창에도 서쪽 창에도 별들이 밤이고 낮이고 몇 개 떠 있다. 거실로 들어오는 현관문에는 귀여운 아기도깨비가 한 마리 있다. 노란색 아기도깨비는 한 손에 포크와 한 손에 나이프를 들고 있다. 알을 깨고 이제 나오는 모습이다.

그림들이 귀엽고 좋아서 떼어내지 않고 붙은 채로 9년을 살았다.

지금도 막 그려놓은 듯 색이 생생하다.

어떤 동심 가득한 유치원 선생님이 한 나절 아니 하루나 이틀 사흘 그림 그리고 색칠하고 오려서 붙였을 것이다. 보지 못했어도 청순한 아름다움을 가진 얼굴이 마치 눈앞에 있는듯 선하다.

유치원 선생의 얼굴 같은 보름달이 선생이 만들어 붙여 놓은 유리창의 별들과 어울려 한참 무슨 재미있는 얘기라고 나누고 있는듯 아니면 동요라도 부르고 있는듯, 어디선가 맑은 귀뚜라미 노래가 들려온다.

집주인은 십이삼 년 전 이 집을 경매로 사서 들어왔다.

집 가진 유세를 눈에 보이게 안 보이게 부리더니 결국 작년 겨울 어느 추운 날 야반도주를 하고 말았다. 이 집은 다시 경매로 다른 사람(교회건물)으로 넘어갔다.

이 달까지 나가라는 통지가 두 번 왔으나 나갈 수가

없다.

전세금을 다 받은 몇 집은 이미 다 나갔다.

전세금을 떼인 세 집은 돈이 없어 집을 얻어나갈 수가 없다.

아니 그보다는 경매받은 교회에서 이사비용이라도 어느 정도 보충을 해서 받아 나가야 한다. 이 방식밖에는 길이 없다. 이런 방식이 통례라는 것도 경매를 당한 뒤에야 알아본 방법들이다.

교회단체라 어느 정도 손실을 보충해 줄지 아니면 법으로 강제 이거를 시킬지는 미지수다. 절박한 사람이 갈 곳은 끝까지 버텨보는 수밖에 없다.

내가 이렇게 당하리라고는 생각도 못했던 일이다. 온갖 후회가 몰려왔으나 결과는 전세금 손실 밖에는 없다.

어쩔 때는 이것도 내 팔자려니 하다가도 분통이 터진다.

전세금 떼먹고 도망간 집주인이나 나나 저 달과 엇비슷하다는 생각이 든다. 다만 그 크기가 다를 뿐이다.

세상은 차오름이 있으면 이지러짐이 있고 이지러짐이 있으면 차오름이 있는 것이 세상의 이치인 것을.

다만 우리는 그 시기를 모르고 살아갈 뿐이라는 것을.

저 달이 엊그제 수퍼문이라 하였더라도 이지러지면 날카로운 원망만 남은, 칼날같이 날카로운 차디찬 초승달이 될 것이다. 그리고 그믐이 되면 어둠 속으로 사라질 것이다.

다시 다음 달이 되면 차츰차츰 차올라 보름달이 될 것이다. 마냥 넉넉하고 환하고 세상을 다 보듬어 안아줄 것 같은 보름달이 될 것이다.

보름달일 때는 항상 보름달일 줄 알고 더 채워지기를 바라는 것이 우리 인간의 마음이다. 하지만 어느 정도 채워져 만월이 되면 다음에는 이지러짐이 되는 것을 달이, 매달마다 하늘에 떠서 세상 사람들에게 골고루 가르쳐 주어도 그 이치를 깨우치지 못하는 것이 우리들 사람이 아닌가.

이 글을 쓰다 보니 달은 하늘 속으로 숨어버리고 자취가 없다.

경북 여인숙

지금도 그 할머니 살아계실까.

지금도 그 여인숙은 거기에 있을까.

지금도 그 여인숙을 하고 계실까.

추억은 언제나 머릿속에서 튀어나와 눈앞을 기어 다니는 것은 아니다. 비가 올 것 같은 무더운 여름날 땅에 기어 나와 흙 고물을 묻히는 지렁이처럼. 폭우가 쏟아지는 날 마당에 떨어지는 미꾸라지처럼. 어떤 사소한 일이라도 머리를 자극할 때 추억은 머릿속에서 기어 나온다. 생각 앞으로 나와 기어 다닌다.

'TV는 사랑을 싣고'란 프로를 나는 자주 시청한다. 출연하는 사람들을 보면 많은 사람들이 초등학교 때 은사를 만나기를 희망한다. 어릴 때 기억이. 어릴 때 영향받은 일이 사람의 일생을 좌우하는 일이 많기 때문이다. 방송국에서 모든 방법을 다 동원해서 만남의 길을 마련해

준다. 만나는 사람들은 거의가 눈물의 해우를 한다. 따뜻한 정을 나누는 장면을 본다.

저 프로에 나간다면 나는 누구를 만나고 싶을까. 머릿속에 생각을 굴려본다. 상위권에 들 정도로 공부를 잘하여 남의 눈에 띄는 어린 시절을 보낸 적도 없다. 싸움을 잘하거나 말썽을 피운 적도 없다. 공부를 하도 못해서 맨날 꼴찌를 하여 복도에서 벌이나 받으며 남의 눈에 띈 적도 없다. 학교 시절 중간에서 있는지 없는지 모를 정도로 남의 눈에 띄지 않아 날 관심에 두는 선생님도 없었다. 아무리 생각해 보아도 나를 기억에 넣어두고 있을 잊지 못할 은사나 친구는 없는 것 같다.

초등학교 부근 문구점 앞에 서 있는 뽑기통에서 둥근 플라스틱 작은 공을 뽑아내는 것처럼. 내가 있는 듯 없는 듯 튀지 못하고 살아서인지 만나고 싶은 사람은 거기서 거기다. 굵은 인연의 선을 가진 모습이나 아기자기한 그림 모습의 공은 없다. 그저 그만그만하여 얼른 짚어지지가 않는다.

젊은 시절 펜팔로 한 5년 편지를 주고받았으면서도 얼굴 한 번 보지 못했던 아가씨, 지금은 어디서 어떻게 살고 있을까. 그때 사진처럼 지금도 예쁜 모습으로 곱게 나이 먹어가고 있을까. 자녀들은 몇이나 두었을까. 남편은 어떤 사람을 만나 행복하게 살고 있을까. 어쩌면 한번 만

나보았으면 하는 생각이 들 때도 있긴 하지만 그러나 만나서 여태까지 간직한 예쁜 기억들이 깨어진다면. 영원히 만날 수 없는 예쁜 무지개로 놓아두는 것이 더 좋겠지 하는 생각으로 접어두고 싶다.

나도 사람인데 어찌 보고 싶은 사람이야 없겠는가. 그렇다. 이 사람을 꼭 한번 보았으면 좋겠다 싶다. 인연, 옷깃을 스친 것도 인연이라 하였는데. 옷깃을 스친 인연도 아니다. 단 하룻밤의 만남 아닌 만남. 마음속 깊이 각인되어 평생 잊혀지지 않는 얼굴이 있다. 하나 기억만 있지 어디서 보면 얼굴도 알 수 없을 것이다.

내가 갑자기 부산에 갈 일이 생겼다. 돈 몇 푼 호주머니에 넣고 며칠이 걸릴지 모르는 일로 부산에 갔을 때다. 부산에 아는 사람도 없었다. 그때는 지금처럼 카드가 있을 때도 아니다. 호주머니에 있는 돈 떨어지면 오도가도 할 수 없을 때다. 돈을 최대한 아끼어야 했다. 밥은 싼 곳을 찾아다니며 먹었다. 잠은 여인숙을 찾아다니며 자야 했다. 지금처럼 찜질방이라도 있었다면. 그때는 찜질방도 없는 시대였다.

첫날 저녁, 값이 다른 데보다 비교적 싼 여인숙이 있어서 들어갔다. 저녁에 그리도 따뜻하던 방이 새벽에 어찌나 춥던지. 너무나 추워서 잠을 깼다. 저녁에 연탄을 넣어두었다가 밤에 연탄을 빼내서 다른 방으로 옮겨간 모양이다. 싼 게 비지떡이라고 했던가. 주인을 깨울 수도 없었다. 그냥 나오는 수밖에. 나오면서 이불에 오줌이라도 흠뻑 싸놓고 나오고 싶은 심정이었지만 차마 그럴 수도 없었다.

뒷날 저녁 돈 때문에 다시 그 집에 가서 잘까 하였지만 새벽에 추위에 떨던 생각이 나서 그 집으로는 발길이 옮겨지지 않았다. 다른 여인숙을 찾아갔다. 조금 싼 값에 잘 수 없냐고 물었다. 여인숙집 아주머니가 나를 보더니 그런 방은 없고, 자기가 거처하는 방 한쪽을 치워줄 테니 싼값에 자겠느냐고 했다. 나는 잠만 자면 되는 처지라 반가웠다. 그런다고 했다. 아주머니는 방을 대충 정리를 하고 잠자리를 보아주었다. 여행 나온지 오래된 것 같은데 양말이라도 빨아줄 테니 벗어주라고 하였다. 호의는 고맙지만 내가 빨아 신겠다고 하였다. 대충 빨아가지고 오니 연탄아궁이에다 정성스럽게 말려주었다. 그날 저녁 따뜻한 방에서 얼마나 편히 잠을 잤던지 아침에 일어나니 피로가 확 풀렸다. 얼마나 고마웠던지. 다음날은 그 여인숙과는 거리가 먼 곳에 있어서 그 집에 가지 못했다.

그 뒤 부산에 가면 그 할머니를 꼭 한번 찾아뵙고 싶었어도 부산에 갈 일이 한 번도 없었다. 부산역에서 영도 쪽으로 걸어서 약 20분 정도의 거리에 있는 조그만 여인숙. 경북 여인숙. 그 할머니가 한 번 보고 싶다.

달걀

야채가게에서 달걀 한 판을 사신 할머니.

달걀 30개 든 검은 비닐봉지 손에 쥔 것 잠시 잠깐 망각한 채, 달걀값 계산하려고 주머니 끈 풀려다 비닐봉지 놓쳐버렸다.

땅에 떨어진 달걀, 와싹 소리 들을 틈도 없이 비닐봉지 속에서 박살이 났다.

야채가게 아저씨 바로 보고 웃지 못하고 돌아서서 웃음을 죽이는데.

"어쩔 수 없는 일입니다. 할머니. 버리기는 아깝네요. 그냥 가지고 가서서 채나 어레미에 받쳐서 해 드세요." 하는 말이 목구멍까지 거의 올라왔으나 차마 그 말을 하지 못했다.

화장을 해야 하는 이유

"안녕하세요."

S님이 인사를 하는데 화장을 한 얼굴이다.

"어머, 오늘 화장을 하셨네요."

같이 근무하는 동료직원이 S님을 쳐다보며 한 말이다.

"예, 오늘 학교 강의 나가요. 강의 나가면서 맨얼굴로 나갈 수 없어서요. 보는 사람이 어떻게 생각할지 모르니까요."

나도 몇 년째 그분을 보았지만 화장을 한 얼굴은 오늘 처음 본 것 같다.

나도 한 마디 도왔다.

"화장을 하니까 예쁜 얼굴이 더 예쁜데요."

"그래요, 감사합니다."

나 역시 평생 비누 세수도 하지 않는 편이었다. 목욕 때 어쩌다 비누를 쓰기는 하지만, 그러다 보니 이발소에 가서 이발을 할 때 얼굴에 발라주는 스킨이나 로션이 내 화장의 전부라고 해도 과언은 아니었다. 천성적으로 게을러서 이발은 두어 달 만에 겨우 한 번 하니까 그마저도 두어 달 만에 한 번 바르는 정도였다.

이제 나이 먹어가면서부터는 얼굴에 스킨이나 로션을 바르는 날이 비교적 많아졌다.

일을 나가면서 맨얼굴로 간다면 남에게 폐를 줄 것 같은 생각이 들어서 습관을 바꾸면서부터다.

나이 먹어갈수록 목욕을 자주 해야 한다고 한다. 목욕하는 것도 습관인가 보다. 아침마다 샤워하는 버릇을 들였더니 습관이 되어서 이제는 아침에 샤워를 하지 않으면 이상하다.

주민 센터에 스포츠댄스를 배우려 가는 날은 샤워만 하고 아무것도 바르지 않는다.

얼굴에 땀을 많이 흘리는 나는 향이 나는 것을 바를 경우 댄스 파트너인 상대방에게 불쾌감을 줄 수도 있기 때문이다.

겨울에는 그런대로 괜찮은 편이지만 여름에는 땀이 많이 난다. 땀냄새가 나는 데다 향이 나는 것을 몸에 바르거나 뿌리면 땀냄새에다 향까지 더해서 나는 악취로 상대방에게 불쾌감을 준다는 말을 들은 일이 있어서다.

샤워하고 옷 갈아입고 가는 것이 전부다.

나를 가꾸는 것은 나를 위해서 나를 가꾸는 것이 아니고 남을 배려해서 나를 가꿔야 한다고 생각을 한다.
그 결과는 나에게 돌아오는 나를 위한 길이 되기 때문이다.

누구와 함께 간단히 밥을 한 끼 먹으러 갈 일이 생겨도 예전에는 생활하던 그대로 갔지만 나이 먹어가면서는 상대방에게 누가 될까 봐서 최대한 옷을 갈아입고 매무새를 대충 가다듬고 간다.

젊었을 때는 젊음 그 자체가 아름다움이기 때문에 아무렇게나 하고 다녀도 아름답지만 나이 먹어가면서는 좀 다르다. 깨끗이 한다고 해도 어딘가 노인 냄새가 나기 마련이다. 나를 위해서 나를 가꾸는 것이 아니라도 상대방을 배려하는 마음에서 나를 가꾸어야 한다. 남이 편안하라고 웃어주는 내 얼굴의 웃음이 결국은 나에게 웃음으로 돌아온다는 것과 같은 이치라고 생각한다.
여태까지 화장을 하는 것은 내 얼굴 예쁘게 보이려고 하는 치장인 줄 알았다. 하지만 요사이는 화장을 하는 것은 남을 위한 배려라는 것을 느껴가고 있다.

나이 값

아버지 제삿날이다.

정영감은 아버지 제사상에 올릴 제수를 손수 마련하고 싶었다.

자식들이 시장을 봐 오겠다고 하였지만, 정영감은 굳이 할멈과 같이 시장을 보러 가겠다고 하였다. 정 그러시다면 차로 모시겠다고 사위가 차를 대령하였다. 마침 이날이 일요일이라 학교에 가지 않은 손주 녀석들 같이 태우고 나들이 겸 나섰다. 내친김에 서울에서 볼일도 볼 겸 중부시장으로 가자고 하였다.

볼일을 다 보고 오는 길. 연세대학 앞을 지나 행주대교로 진입하는 곳에 오니 차선이 한 선 줄어들었다. 정체가되었다. 정영감이 탄 차는 앞차와의 거리를 유지하며 천천히 진입하고 있었다.

그때 오른쪽 차선에서 차가 앞으로 끼어들었다. 정영감이 탄 차의 옆 부분을 스치며. 끼어들기 한 앞차 운전석에서 젊은 여자가 내리더니 차를 보면서 자기 차는 뒤쪽 옆 부분이고 정영감이 탄 차는 앞쪽 옆 부분이라고 하며 마치 뒤차가 앞서가는 자기차를 부딪쳤다는 투의 말을 했다.

정영감이 타고 있던 승용차 운전석에 앉아있던 정영감 사위가 내리며 무슨 소리를 하느냐 끼어들면서 차 옆구리를 문질러 놓고 되레 큰 소리냐고 하자 젊은 여자도 소리를 높이며 서로 옥신각신 하였다.

마침 순찰 나온 차가 옆 갓길에 있다가 이 광경을 보고 차를 갓길로 빼라고 하였다. 정영감 사위는 차의 위치 표시를 하여줄 것을 요구하였다. 순찰 나온 경찰은 끼어들기한 차의 위치와 방향을, 정영감이 탄 차의 위치와 방향을 알 수 있게 바퀴 옆에 하얀 스프레이 페인트로 표를 하였다. 그리고 차를 옆으로 빼게 조치를 취했다. 차를 옆 갓길로 뺀 뒤, 경찰이 하는 말이 아주 경미한 접촉사고이니 서로 없었던 걸로 하고 그냥 가는 것이 어떻겠냐고 물었다.

그러나 끼어들기 한 여자가 어딘가로 전화를 하면서 마포경찰서로 대려다 달라고 하였다. 아마도 마포경찰서에 아는 사람이 있는 듯한, 아니 형부라고 일부러 크게 전화

통화를 하고 있었으니 마포경찰서에 형부가 있다는 듯한, 반 위협적인 전화였다. 도둑이 큰소리치는 것과 같은 여자의 태도에 정영감 사위 역시 가자고, 경찰서에 가서 해결하자고 조용히 얘기하던 말소리를 큰소리로 높였다.

경찰은 순찰차를 앞세우며 따라오라고 했다. 여자가 마포경찰서로 가지 않고 어디로 가느냐고 하자, 사고지점이 망운 2동 파출소와 가까워 그리로 간다고 하였다.

망운 2동 파출소에서 다시 서로의 사고 경위를 묻고, 상태를 살펴보던 경찰이 아주 경미한 사고인데 서로 없었던 걸로 하고 가시는 것이 어떻겠냐고 하였지만 젊은 여자는 막무가내였다. 마포경찰서로 빨리 넘겨달라고만 하였다. 여태까지 경찰의 말에 어느 정도 수긍을 하던 정영감 사위도 이제는 더는 못 참겠다는 듯, '빽이 있는 모양인데 사고처리를 정확히 하여 주지 않으면 가만히 있지 않겠다.'고 했다. 담당경찰은 사고 경위를 더 자세히 물으며 일단 사고 상태 조사를 하여야 넘길 것 아니냐며 위치를 목격한 경찰에게 물었으나 이해가 안 가는지 직접 현장을 다녀온다고 나갔다.

젊은 여자가 운전하던 차에 같이 동승하고 있던, 젊은 여자 부모 같이 보이는 영감 내외와 아가씨 한 명이 같이 파출소에 들어와 곁에 서있었다.

정영감이 조용히 옆에서 지켜보고 서 있다가 젊은 여자

부모로 보이는 영감님을 밖으로 불러내었다.

"저 젊은 아주머니 하고는 어떤 관계인지 잘 모르겠지만 아마 보아하니 따님 같은데, 저 애는 내 사위요. 누가 잘하고 잘못한 것을 떠나서 큰 사고도 아니고 서로 별 피해도 없는 것 같은데 그냥 애들 타일러서 서로 없던 일로 하고 가는 것이 어떻겠소."

하고 조용히 말을 하자

"나는 모르겠소, 놔두시오 법대로 하게."

"그래요, 나이 헛먹었구먼."

정영감도 화가 나서 그만 입 다물고 돌아섰다.

얼마 후 그 여자의 형부라는 사람이 왔다. 그리고 자초지종 이야기를 듣고는 정영감 사위에게 미안하다고 말하면서 정중히 고개 숙여 대신 사과하였다.

공원관리 아저씨

키는 작고 몸은 왜소하여 초등학교 4학년 정도, 모자를
깊이 눌러쓴, 헐렁한 점퍼에 운동화를 신은 남자.

2000년 겨울, 50년 만에 폭설이라고 한다. 90년 만에
최고로 많이 온 폭설이라고, TV에서 톱뉴스로 방송을 하
던 겨울. 길은 꽁꽁 얼어 빙판 아닌 곳이 없었다. 길을
두껍게 덮은 빙판길은 여름이 되어도 녹지 않을 것 같았
다. 차들은 더운 날 모래밭에 나온 거북이처럼 겨우 움직
였다. 사람들은 길에 나서면 발에 온 신경을 다 집중시켜
걸어야 했다.

집사람은 눈길에서 넘어져 입은 골절상으로 병원 치료
를 받은 적이 있다. 후유증으로 문밖에 나서면 빙판길이
무서워 벌벌 떨었다.

내가 운영하고 있는 가게는 집에서 걸어서 약 20분의
거리에 있다. 가게로 가는 골목길은 얼음으로 완전히 덮

여있다. TV에서나 본 북극이다. 가게까지 걸어가는데 평소 20분이던 길이 30분으로 늘어났다.

가게로 가는 길엔 공원이 있다. 공원길은 지름길이다. 언제나처럼 지름길인 공원을 걷는데 곡괭이질을 하는 아저씨가 있다. 길에 두껍게 얼어붙은 얼음을 곡괭이로 찍어 조금씩, 조금씩 쪼개어내고 있었다.

키는 작고 나이 들어 보이는 아저씨, 처음 보는 아저씨다.

뒷날도, 뒷날도 저녁에 집으로 오는 길엔 하루에 사오 미터 정도의 길이 얼음이 치워져 사람이 다니기 편안한 길로 바뀌어갔다. 그러기를 며칠 공원길은 사람이 다니기 편하게 얼음이 다 치워진 길이 되었다.

나중에 알고 보니 공원관리 아저씨가 바뀌었던 것이다.

예전에 공원관리 아저씨는 사람들이 화장실 드나드는 것, 놀이터에서 어린이들이 노는 것 등을 간섭만 하였지 공원관리 하는 것은 눈에 띄게 하는 일이 없었던 것 같다. 아침에 공원을 지나면서 보면 쓰레기가 널려있음은 말할 것도 없었다. 화장실 문 유리가 깨어져서 유리조각들이 널려있음에도 치우지 않고 그대로 있었다. 나뭇가지가 부러져있을 때도 있었다. 심지어는 토사물 등 눈으로 볼 수 없는 지경일 때가 많았다.

얼음을 깨던 키가 작은 아저씨는 아무 말 없이 언제나

조용히 고쳐놓거나 치워놓아 공원이 항상 깨끗하여져 갔다.

여름에는 땀을 몹시 흘리면서도 쉬지도 않고 잔디를 깎고 나무 모양을 다듬었다. 가을엔 낙엽을 쓸고 월동준비를 했다. 낙엽을 쓸 때는 밟아도 보게 그냥 두는 것이 어쩌겠냐고 말을 하고도 싶을 때도 있었으나 너무나 정성을 들이고 있기에 말은 입에서 빙빙 돌고 나오지 않았다. 그분은 공원을 자신의 집처럼 가꾸어 쾌적한 안방 같은 곳으로 만드셨다. 자신이 할 일을 고봉으로 하는 사람이었다.

지나면서 진정 존경하는 마음으로 정중히 인사를 하면 그분 또한 깍듯이 인사를 해주었다.

성실하게 사회에 봉사하는 사람에게 주는 상이 있다면 주저 없이 추천하고 싶은 사람이었다. 그러나 그런 곳을 알 수 없어서 추천을 할 수 없다.

2년여가 지난 올 겨울엔 며칠을 보이지 않았다. 그만두셨나, 아니면 몸이라도 불편하여 안 보이시는가 궁금했다. 그러나 다행히 며칠 뒤 그분을 다시 볼 수 있었다. 어찌나 반가웠던지.

이런 사람이 세상에 몇이나 될까 생각해 본다. 묵묵히 자기 일을 하는데도 사람의 눈을 끄는 사람, 외모가 그리 잘 생긴 편이 아니어도 사람의 눈을 끄는 사람, 진정 사람의 마음을 사로잡는 사람이 바로 얼음을 치우던 공원 관리 아저씨 같은 분이 아니었는가 생각을 해 본다. 어디서 지금 무슨 일을 하고 있는지 모르지만 지금도 삶에 충실하리라 믿는다. 항상 행복과 행운이 그분과 함께 하여주길 마음속으로 기원하며 겨울 공원길을 걸어간다.

신기독(愼基獨)

내 컴퓨터 모니터 위쪽 벽에는 신기독(愼基獨)이라는 목걸이와 하회탈 목걸이가 걸려 있다. 물론 마음의 지표로 삼으면 좋겠지만, 나 같은 사람이 지표로 삼을 정도의 보통 말은 아니다. 너무나 높고 높은 성인의 말이다.

하회탈 목걸이는 몇 년 전 하회마을에 갔을 때 함께 간 분이 사서 기념으로 준 것이다.

신기독은 한 2년 됐을까, 도산서원에 갔을 때 도산 서원 관장으로 있는 김 시인이 방문 기념으로 준 것이다.

굳이 말한다면 내 마음의 지표로 삼기 위해서 그 자리에 걸어둔 것은 아니다. 다른 곳에 마땅히 걸어둘 만한 곳이 없어서 편한 곳에 걸어둔 것이 컴퓨터 위쪽에 자리를 잡게 된 것이다.

하회탈을 보면 그냥 마음이 편안해지는 느낌이 든다.

신기독을 보면 지금 나는 나를 속이고 있지 않나 하는 생각이 든다.

나는 살아오면서 남들이 나를 좋게 보는 것이라고 생각을 하면서 살아왔다. 물론 외양을 좋게 보았겠지만 말이다. 정작 내 마음은 나에게 조금이라도 해롭게 하면 그를 죽이고 싶도록 미워했다. 헛된 욕심을 부리고 취해서는 안 될 재물을 취하려고 애를 썼을 것이다.

그런 내가 어찌 감히 나 혼자 있을 때 내 마음을 속이지 않는다고 신기독을 보면서 말할 수 있겠는가.

하루아침 도산서원 앞을 지나가는 사람이 있었다.

빗자루를 들고 마당을 쓸던 머슴이 그 사람을 보고

"선생님 앞에서 말에서 내리지도 않고 인사도 없이 가느냐."고 화를 냈다.

책을 읽고 있던 퇴계가 웃으면서 머슴을 타일렀다.

"좋은 풍경 하나를 더하였을 뿐인데 왜 그렇게 화를 내느냐." 하였다고 한다.

신기독 목걸이를 보면 나는 왠지 마당을 쓸던 하인 같고, 신기독은 퇴계선생이 되어서 '풍경 하나를 더하였을 뿐인데 왜 그렇게 화를 내느냐.' 하고 나를 꾸짖을 것처럼 보인다.

글을 고치면서

써놓은 글을 다시 읽어 본다. 고칠 곳이 너무 많이 눈에 들어온다.

글을 고친다. 완벽해진 것 같다.

시간이 지나고 다시 보면 고칠 곳이 또 다시 눈에 보인다.

얼굴을 예쁘게 하려고 성형수술을 하는 사람도 있다. 다음에 성형수술을 또 한다. 성형수술을 자주 해서 더 예뻐진 사람도 있지만 얼굴을 망치는 사람도 가끔 있다.

글을 고치는 것 또한 그렇다. 자주 고치다 보면 더 좋은 글이 되기도 하지만 처음 써놓았을 때보다 더 못해질 수도 있다.

어떤 사람은 처음 쓸 때의 느낌으로 쓴 글이 제일 진솔하고 참된 자기의 표현이라고 한 번 쓴 글은 점 하나도 고치지 않는 사람이 있다. 반면 어떤 사람은 자기가 써놓은 글은 자기가 끝까지 책임져야 한다고 죽을 때까지 고칠 수 있는 한 고치는 사람도 있다.

어떤 여인은 기초화장만 해도 곱다. 어떤 여자는 화장품을 덧이겨 발라 화장이 밀리기도 하고 더 촌스러워지기도 한다. 물론 고도의 기술을 가진 전문미용사가 능수능란한 솜씨로 바르고 또 바르면 연예인 뺨치게 아름다운 모습이 되기도 하지만 흔한 일은 아니다.

글감이 머릿속에 떠오르면 머릿속에서 어느 정도 가닥을 잡는다. 정리가 되면 펜을 들고 대충 초고를 쓴다. 초고를 읽으면서 구성이나 표현 등을 변경하거나 수정을 한다.

컴퓨터 앞에 앉아 글을 올릴 때 다시 정리정돈 작업을 하면서 글을 올리고 저장을 한다. 원고를 보낼 때 한번 더 읽어보고 수정을 하여서 보낸다.

이것은 내가 글을 쓰는 방법이고 버릇이다.

그렇게 해도 글이 채택되거나 게재가 되었을 때 보면 잘못된 곳이 많다. 잘못된 곳이 정말 많이 나 보란 듯이 고개를 쑥쑥 내밀고 못난 얼굴로 혀를 날름거리며 나를 조롱한다. 마치 문구점 앞의 두더지 잡기 같다.

내가 실력이 없어서, 배운 것이 모자라서 조롱의 수모를 당하면서 어린아이가 틀리게 쓴 글씨를 지우개로 지우고 연필에 침을 묻혀 다시 쓰듯이 연필로 체크를 하면서 고친다.

이런 글들을 모아서 출판을 하는 수도 있다. 출판사에서 교정지가 두 번이나 세 번 온다. 그때마다 다시 고친다. 그래도 책이 나왔을 때 보면 문장부호에서부터 맞춤법, 줄 배치 등등 글의 잘못된 많은 부분들이 덕지덕지 검은 점이나 주근깨가 되어 붙어 있다.

다시 연필이나 붉은색 펜으로 수정을 해 놓는다. 언젠가 책을 다시 찍게 되면 고치려고, 하지만 내가 쓴 책은 팔리지 않아서 수정본을 찍을 기회도 오지 않으니.

이것이 인생이다.

아니 이것이 인생이면 다소라도 고쳐가면서 살 수 있을 수도 있을 것이다.

하지만 인생은 한 번 쓰면 다시 고칠 수 없다.

두 번 세 번 교정지도 오지 않는다.

그저 초고만 있을 뿐이다.

머릿속에 구성된 글감이 바로 인생살이가 되는 것이다.

고칠 수는 없되 다만 이번에 잘못 쓴 글을 보면서 다

음에는 그런 글을 쓰지 않으려고 노력을 한다. 이런 경험으로 미래의 인생을 살아가려는 노력은 누구나 할 것이다.

수십 번 고치고 고쳐서 써도 죽을 때까지 고쳐야 할 곳이 생기는 것이 글쓰기인 것처럼 인생 또한 죽을 때까지 고치고 고치면서 써 나가야 할 글쓰기라는 생각을 하면서 글을 고치고 있다, 지금.

3

자연은 언제나
우리에게 친절하다

쪽동백꽃

공원을 지나는데 코를 건드린다. 미백의 향을 풍기는 가느다란 손가락으로 '이 코가 좋아' 하고 내 코를 잡아 당긴다. 주위를 둘러보니 쪽동백꽃이 활짝 피어 주렁주렁 매달려 있다.

평소 무심히 지나다녀서 느끼지 못하였는데 향긋함이 코에 스며들면서 비로소 바라본 것이다. 주렁주렁 매달려 있는 작은 등 같은 꽃들이 아름답다기보다는 소박 순수해 보인다.

그럴 때가 가끔 있다.

라일락이 피는 줄 모르고 길을 가다 진한 향기에 눈을 돌려보면 라일락꽃이 피기 시작하고 있음을 볼 때도 있다. 일 년에 한 번씩은 경험을 하는 일이다.

아카시아꽃 향기가 코에 스며들어 쳐다보면 커다란 나

무에 아카시아꽃이 주렁주렁 매달려 있고 벌들이 윙윙거리는 오월 중순이다.

어떤 때는 쥐똥나무꽃이, 또 어떤 때는 찔레꽃이 향기로 나의 눈을 유혹할 때도 더러 있다.

기억의 저편, 뒤를 돌아보면 향기 때문에 사물을 보는 일이 많이도 있었다. 향, 벌과 나비 등 매개충을 유혹하기 위한 종족보존의 본능적 목적이 나를 유혹한 것이다.

마치 나에게 '당신도 향기를 내뿜어 사랑을 하세요.' 하는 듯 말한다.

내 곁으로 은은히 다가오던 쪽동백꽃 같은 여인이 나에게도 있었는데, 내 인생길 초여름의 한때.

꽃이 매달린 나뭇가지 하나를 휘어잡아 볼에 가만히 문질러 본다.

오늘 아침 벌, 나비가 아닌 나를 유혹한 쪽동백꽃의 향기. 핸드폰을 꺼내서 꽃을 핸드폰 사진 속으로 집어넣으면서 보니 벌들이 부지런히 꽃과 꿀 같은 사랑을 나누고 있음이 보였다.

며칠간 이제 그 앞을 지나면서 쪽동백꽃을 볼 것이다. 꽃향기에 젖으면서, 오월의 한 때를 향기롭게 보낼 수 있는 행복을 맛볼 것이다.

때죽나무 밑에서 별을 줍다

때죽나무 밑에 별들이 쏟아져 있다.

새벽 별들이 쏟아져 있다.

밤새도록 이슬 맞고 떨어진 별들이 초롱초롱한 눈을 뜨고 함께 모여서 못다 한 이승의 이야기를 하고 있다.

나는 떨어진 때죽나무꽃을 보면 꼭 별 같다는 생각이 든다.

모양이 우선 별 같이 생겼다.

우리들이 어렸을 적에 종이에 그렸던 별처럼 생겨서다.

아침에 떨어져 있는 꽃을 보면 이슬을 머금은 새벽 별 같이 청초함이 보이기 때문이다.

열매는 수류탄 같다는 생각이 든다.

사람마다 보는 눈과 생각하는 느낌이 다르겠지만 나의

눈에는 그렇게 보인다.

수류탄을 작게 만들어 달고 있는 것 같은 느낌이 든다.

어렸을 적, 남의 집 대밭 울타리에 있는 때죽 열매를 따다가 짓찧어 물에 풀며 놀던 생각이 난다.

동무들 중 한 명이 어디서 해보았는지 아니면, 어디서 듣고 왔는지는 알 수 없었지만. 때죽나무 열매를 찧어서 물에 풀면 고기가 죽어서 뜬다고 해서 한 놀이였다.

물 위로 고기는 뜨지 않았고 그냥 놀이에 불과했다.

내가 지나다니는 공원길에는 때죽나무와 쪽동백이 나란히 두 그루 서있다.

때죽나무와 쪽동백은 꽃 모양과 꽃 색깔이 비슷하다.

두 나무가 다 꽃이 나뭇가지 밑으로 등처럼 주렁주렁 매달려 피는 것도 같다. 사진을 찍어 사진으로 보면 구분하기가 어려울 정도다.

어쩌면 혼동이 될 수도 있을 것이다.

하지만 잎을 보면 다름을 금방 알 수 있다.

쪽동백은 잎이 크고, 나무 역시 때죽나무보다 더 크다. 열매 생김도 확연히 다르다.

쪽동백은 5월 초중순 꽃이 핀다. 꽃이 떨어져 시들 즈음, 때죽나무는 꽃이 핀다. 5월 중하순에 피는 것이다.

쪽동백꽃의 향이 때죽나무꽃보다 더 진한 향을 뿜어준다. 쪽동백꽃의 향기는 옛날 옆집에 살던 키가 크고 피부가 좋아서 백설 같으며 눈매가 서글서글하던 중년의 품격 높은 여인이 앞을 스쳐 지나갈 때 스며오던 냄새 같다. 때죽나무꽃은 화장을 진하게 하지 않고 스킨이나 로션을 손바닥에 묻혀 살짝 바르고 나온 마을 앞 삼거리 분식집 아주머니의 향내가 느껴진다.

때죽나무 밑에 떨어져 있는 꽃 몇 개를 주워 손바닥 위에 가만히 얹어놓고 한참을 가만히 들여다본다.
마치 누군가 한 영혼이 하늘나라로 가서 된 별 같다는 생각이 든다.
손바닥 위의 꽃을 조심스럽게 땅에 가만히 내려놓는다.

때죽나무

별처럼
흰 꽃들이
쏟아져 있네
풀밭 여기저기

수류탄
하나씩을
허리에 차고
전쟁터로 나간

병사는
젊은 병사
별처럼 하얀
꽃들 누워 있네.

찔레꽃이 피면

찔레꽃.
찔레꽃이라는 말만 들어도
알 수 없는 그리움과
추억이 가슴을 찰랑찰랑 적셔온다.
5·6월에는 찔레꽃이 만발하는 계절이다.
지금 쯤 고향 밭 언덕이나 산발치에는 찔레꽃이 만발하여 있겠지.
가끔 길을 가다가 보면 붉게 흐드러진 장미 사이로 하얀 찔레꽃이 다소곳 피어있는 것을 볼 때가 있다.
화려하고 요염한 도시 아가씨들 틈에 순박한 시골 가시나, 내 누나 생각이 끼어서 떠오른다.

'장미꽃 사이에 있는 찔레꽃은 일부러 찔레를 심은 것은 아닐 것이다'라고 나는 생각을 한다.

추위와 병충해에 강한 찔레 대목에 장미를 접붙였는데 장미 접이 제대로 되지 않고 실패한 뒤, 대목에서 나온 찔레나무 순이 커서 장미묘목과 함께 딸려와 심어질 경우였으리라고 확신을 한다.

내가 살던 곳에서는 찔레를 찔구라고 하였다.

나는, 아니 우리가 어렸을 때는 찔구순을 많이 꺾어먹었다. 찔구꽃도 많이 따먹곤 했다. 밥이 적어 배가 고파서 따먹었다. 찔구순을 탐스럽게 올라오는 걸로 골라서 꺾어 껍데기를 벗기고 씹어 먹으면 달콤하면서도 아삭아삭한 군것질거리가 되었다. 꽃을 따 먹으면 하얀 꽃잎의 시각적인 맛에다 노란 꽃술의 향이 입안에 환한 향의 불을 밝혀주었다.

시 공부를 한답시고 혜화동 문학아카데미에 다닐 때가 있었다. 가는 길 울타리에 장미꽃이 심어져 있었다. 그 사이에 찔레 한 그루가 하얀 꽃을 나무 가득 피워놓고 아스팔트 길을 가는 사람들에게 향기를 한 주먹씩 나누어주고 있었다.

찔레꽃을 보면서 찔레꽃에 대한 얘기를 우리는 많이 나누었다. 얘기 도중에 내가 이런 말을 하였다. '찔레꽃 붉게 피는 남쪽나라 내 고향' 하는 노래를 지은 작사가는 시골사람이 아닐 것 같다. 찔레꽃은 하얗게 피는데 붉게 핀다고 한 것을 보면 잘못 알고 지은 가사 같다고 하였다. '시 공부하는 사람이 심상으로 말하는 것도 모르느냐.'고 한 친구가 면박의 농담을 주어서 받은 생각이 아직까지 기억에 남아 있다.

어디선가 읽은 기억으로는 작사가가 찔레꽃이라는 노랫말을 쓸려고 하는데 도시에서 태어나서 도시에서 살아 찔레꽃을 본 일이 없었다고 한다. 영일만에 다녀온 친구에게 찔레꽃의 생김새를 물어보았는데 친구 역시 찔레를 몰라서 해당화를 찔레로 알고 붉더라고 말했다고 한다. 그 말만 듣고 작사를 했다고 한다. 그 구절 말고는 어디에도 은유나 심상이 없는 것을 왜 그 말만 심상으로 붉다고 썼을까 하는 의구심은 지금도 지워지지 않은 숙제로 남아 있었는데. 마치 '으악새 슬피 우는 가을인가요'의 노랫말의 시시비비처럼 말이다.

으악새도 억새풀이라고 하는 사람이 있는가 하면, 왜가리를 지방에서는 웍새, 또는 왁새라고 하는 곳이 있는데 그 새를 말한 것이다,라고 하는 사람도 있듯이 말이다. 나 역시 후자의 의견에 손을 드는 편이다. 전자인 억새풀과는 심상이나 은유로도 전연 연관 고리가 없다는 생각 때문이다.

찔레는 돌무더기가 많은 곳을 좋아하는지 돌무더기가 많은 곳에서 많이 볼 수 있다. 찔레 근처에는 뱀이 많았다. 돌무더기가 많은 곳에 뱀이 많은 것을 그때는 모르고 우리들은 어렸을 적에 찔레 밑에는 뱀이 많은 줄로 알고 찔레순을 따먹을 때는 뱀이 없는지 조심히 살핀 후 찔레순을 꺾곤 했다. 지금도 길가다 찔레순을 보면 꺾어 먹고 싶다. 세 살 버릇 여든까지 간다고 하였다. 버려도 될 버릇을 못 버리고 있는 나다. 생각해보면 볼수록 한심스럽다는 생각이 들기도 한다.

찔레는 주로 밭두렁이나 산발치에서 많이 볼 수 있다. 줄기가 위로 크는 종류는 밭두렁에 많다. 넝쿨로 뻗어가는 것은 주로 산발치나 돌무더기 위에서 많이 볼 수 있다. 찔레에 연관된, 어쩐지 슬픈 전설의 이야기라도 있을 법 하지만 나는 아직 그런 이야기는 모른다.

가을에는 빨간 열매가 송이로 여는데 열매를 따 먹으면 씨는 거칠어 먹을 수 없었고 과육은 달콤하여서 찔레 옆을 지나면 손이 가곤 하였다.

그때만 해도 꿩이나 토끼를 청산가리라는 독극물로 잡던 사람들이 많이 있던 때였는데 찔레 열매 속에다 독극물을 넣어서 잡는 사람들이 있었기에 살펴보고 따먹어야 하였다.

찔레 뿌리와 열매는 약용으로 쓴다고 어렸을 적에 들었다. 하지만 정확한 것을 몰라 이 글을 쓰면서 검색을 해 보았더니 열매는 영실이라 하고 혈액순환, 이뇨작용, 해독 등에 좋다고 되어있다. 뿌리는 비장, 위장, 신장, 산후통, 설사, 복통에 좋다고 검색이 되었다.

지금은 인터넷 검색을 하면 많은 정보들이 있다. 글을 쓰면서 이런 정보를 찾아 올리는 것을 나는 좋아하지 않는다. 누구나 찾을 수 있기 때문에 꼭 그런 말을 찾아서 쓸 필요가 없다는 생각에서다. 왠지는 모르지만 오늘은 한 번 올려보고 싶은 친절한(?) 마음이 들어서 올려본다. 몸이 아프면 병원 진료가 제일이고 그에 따라 치료를 하다가 덤으로 해보는 것이 민간요법이라고 나는 생각한다. 약용식물이라고 해도 이 점을 참고 삼아야 하리라 생각한다.

찔레꽃 피는 고향은 많은 사람의 추억이리라. 이 글을 쓰고 있자니 알 수 없는 그리움이 가슴을 먹먹하게 적셔온다. 고향 밭 언덕의 찔레꽃이 눈에 선하게 피어난다. 찔레꽃은 나만의 향수가 아니다. 우리 모두의 향수다.

동백꽃

어떤 사람은 동백의 애절하게 붉은 꽃잎이 좋다고 한
다. 어떤 사람은 통째로 순간에 깨끗이 지는 낙화가 좋다
고 한다.

내가 동백을 좋아하는 것은 사시사철 푸른
윤기 자르르 흐르는 청록의 잎이 좋다.
통째로 순간에 깨끗이 낙화하는 그런 철학 같은 것은
없다.
선홍의 붉은 꽃잎 한가운데라 더
샛노란 꽃술의 황홀함이 좋아서 좋을 뿐이다.

2012. 4. 9.

군자란

그냥
한번 스치듯 보아도 덕스럽고
오래도록 바라보고 있어도 후덕함이 풍겨오는
잎이 좋아

군자란 화분 한 분 사다 놓고 3년을 같이 지냈더니
어느 날 아침
천하절색 미인 양귀비가 분홍색 치마 펼치고
잎 위에 살포시 앉아
내가 잠 깨길 기다리고 있었네.

2012. 4. 21.

4월에 핀 목련

4월 중순 어느 날.

아파트 뒤편으로 돌아갔다.

흰 목련꽃이 활짝 피어 있었다. 아주 탐스럽게 무더기져 피어있었다. 드문드문 심어져 있는 자목련도 꽃봉오리를 벌리고 있었다.

항상 다니던 앞쪽에 핀 목련꽃은 이미 져버린 지 오래다. 지금은 잎이 제법 우거져 있다. 울타리 개나리꽃은 자취도 없다. 아파트 사이로 나 있는 길가에 심어진 벚꽃들도 거의 다 지고 잎이 무성해 있다. 이제야 꽃을 피운 목련. 뒤쪽은 이제 꽃이 절정이라니, 아파트에 가려서 햇볕을 못 보고 긴긴 겨울을 참고 참아 핀 꽃. 아픔을 이겨서 핀 꽃이라 더 아름다운가 아니면, 보기 어려운 시기에 핀 꽃이라 더 아름다운가, 나의 시선을 한참이나 잡고 놓아주지 않았다. 한편 반갑고 한편 더 우아해 보인다.

한편으로는 알 수 없는 동정심마저도 생긴다.

어릴 때 소록도로 수학여행을 갔었다. 갱생원에 전시된 그림들, 나환자들이 짓무른 손으로 그린 그림들이라고 하였다. 물동이를 이고 가는 아가씨의 봄바람에 날리는 치맛자락은 그림이 아니고 실물의 아가씨가 물동이를 이고 가는 것이었다. 그림을 보면서 속으로 탄성을 지른 기억이 지금도 새롭다. 그림을 그린 나환자는 비록 몸은 병이 들어 음지에서 생활을 하지만 마음은 봄의 양지쪽이었을 것이다.

감옥 속에 갇힌 죄수들이 마음을 달래 가며 만든 조각상이나 그림, 서예작품, 글들을 볼 때도 마찬가지다.

고아원의 고아들이나 장애자들이 그들의 긴긴 겨울을 이겨낸 작품들도 여전히 아름답고도 순수함을 더 해주는 목련이다. 때로는 사업에 실패하고 재기하는 분들이나 오랜 육체적 고통을 이겨내고 묵묵히 피워내는 예술들도 이 세상 곳곳에 피는 아파트 뒤쪽의 목련이 아니던가.

인간이 아파트를 짓지 않았다면 뒤쪽 음지는 없었을 것이다. 가을에는 다른 곳보다 더 일찍 잎을 떨어뜨리고 봄에는 다른 곳보다 더 늦게 꽃을 피우는, 겨울이 반이 넘는 나무의 일생은 없었을 것인데…….

부질없는 생각을 하면서 한편으로는 어쩔 수 없는 일이 아닌가, 사람이 집을 짓고 살려면 좁은 땅에 많은 사람이 살아야 하는 현실에서는 어쩔 수 없는 일이 아닌가, 하는 엇갈린 생각을 바보 같이 한다.

우리의 삶을 충족시키면서도 나무의 입장에서도 생각해본다면 아파트 뒤쪽에는 꼭 목련을 심을 것이 아니고 음지를 좋아하는 습성에 맞게 음지식물을 심었더라면 하는 마음도 가져본다.

봄꽃이 피는 것은 거의 온도와 관계가 있다. 아파트 남쪽 창 앞에 피는 목련을 보면 한 나무에서 피는 목련도 창이 있는 쪽의 꽃은 창이 먼 쪽보다 더 앞에 핀다. 창의 반사열과 집에서 나오는 열의 영향이다. 어찌 목련뿐이겠는가 다른 나무들도 마찬가지다. 인간들의 삶도 마찬가지다. 양지에서 자란 사람은 음지에서 자란 사람보다 더 빨리 꽃을 피운다.

산이나 들에서 자랐더라면 제철에 꽃을 피우고 제철에 열매를 맺고 제 마음대로 살아갈 것인데 문명의 그늘에서 희생을 당하는 저 나무들. 인간에게 그런 대접을 받으면서도 꽃을 피워서 우리의 눈을 호사스럽게 해주고 마음에 기쁨을 안겨주려고 세상을 장식해주는 나무의 배려가 고마울 뿐이다.

빨갛게 익은 저 열매들 1

아파트 앞 공원에 산수유, 산사자, 산딸나무, 애기사
과, 파라칸사스 등, 열매들이 나무마다 빨갛게 익어 달려
있다.

가을철 열매들이 더 빨간 것은 단풍 빛깔에 잘 보이지
않을까 보아서 더 빨갛게 익은 것이라고 한다. 새나 동물
들의 눈에 잘 띄어서 따 가주기를 바라고 있는 것이다.
식물들이 종을 번식하기 위한 방법이다. 움직이지 못하는
나무나 풀 등, 식물은 새나 동물을 이용해서 이런 방법으
로 번식을 한다. 새나 동물들이 열매를 따먹거나 떨어진
열매를 주어 먹고 난 다음 과육만 소화가 되고 씨는 다
른 곳에 가서 배설을 하면 거기서 또다시 2세의 나무가
태어나는 것이다. 가을철 열매로 번식하는 나무도 그렇지
만 봄에 맺는 열매나무나 여름에 열매를 맺는 나무도 색

깔만 다를 뿐 번식방법은 거의 비슷하다.

식물도 마찬가지다.

질경이는 사람의 신발에나 우마차의 바퀴에 붙어서 이동하여 번식하려고 길가에 주로 자리를 잡아서 살아간다. 동시에 짓밟혀도 잘 죽지 않는 강인한 생명력을 가지게 된 것이다.

도깨비바늘이나 진득찰은 사람의 옷이나 짐승의 털에 달라붙어서 다른 곳으로 이동하다가 떨어지면 그곳에서 또 새로운 생명으로 태어나는 것이다.

민들레는 바람에 씨앗이 날아가서 번식을 한다. 민들레 홀씨라고 더러는 말을 하는데 홀씨라는 말은 틀린 말이다. 씨앗이 맞는 말이다.

버섯은 포자가 바람의 힘에 의해 날아가서 번식을 한다. 물가에 주로 자라는 버드나무 종류는 큰 비나 태풍이 불 때 가지가 꺾어지거나 부러지면 그 가지가 물에 떠내려가다 흙을 만나면 그곳에 뿌리를 내려 새 생명으로 태어나서 하나의 개체로 자란다. 꺾꽂이가 잘 되는 특성을 가진 것이다.

가족들과 함께 공원이나 산에 갈 일이 많은 계절이다.

아이들에게 이런 이야기를 들려준다면 자연적으로 식물의 생태교육이 되면서도 아이들이 좋아하기도 할 것이다. 할아버지 할머니의 좋은 시간을 위해서 몇 자 아는 대로 적어보았다. 방을 지키는 노인이 되는 것보다는 밖으로 나가면 운동도 되고 활기도 넘칠 것이다. 아이들 손잡고 천천히 거닐면서 이런 이야기를 들려주는 할아버지 할머니, 생각만 하여도 멋지지 않은가. 이 가을 멋있는 할아버지 할머니가 되어보는 것도 좋으리라.

빨갛게 익은 저 열매들 2

공원에 산책 나왔다가 산수유를 따고 있는 아주머니들을 보았다.

산수유나 산사자는 약으로 쓰인다.

사람들은 산사자보다 산수유를 더 선호하는 것 같다. 산사자는 아직도 많이 달려 있는데 산수유는 달려 있는 것이 얼마 안 된다.

공원에 감이나 모과는 하나둘씩 시나브로 다 따 가고 없다.

지금은 산수유, 산사자, 산딸나무, 애기사과, 파라칸샤스, 마가목 등의 열매가 빨갛게 익어서 새들이나 사람을 유혹하고 있다.

가로수로 심어놓은 은행나무들도 사람들에게 많은 열매를 제공해주고 이제 단풍이 곱게 물든 잎들이 떨어지고 있다. 곧 황금빛 카펫을 깔아 사람들이 밟고 가는 아름다운 길을 만들 것이다.

은행은 구린내가 많이 난다. 길을 가다 보면 떨어진 은행을 사람들이 밟고 다녀서 악취가 나는 곳이 많다.

은행열매를 만지다 옻이 오를 수도 있다. 은행열매를 만질 때는 장갑을 끼고 만져야 한다.

은행은 식용이나 약용으로 쓰이기 때문에 따가거나 주워가는 사람들이 많다.

가로수나 공원의 수목이나 열매에 손을 대거나 훼손하면 법으로 처벌을 받는다고 한다. 실제로 가로수의 은행을 따서 처벌을 받은 사람이 있는지는 알 수 없지만, 은행 몇 알 땄다고, 은행 몇 알 주워갔다고 벌을 받는다는 것에는 난 찬성은 하지 않는다. 따지 못하게 해서 따가지 않는다면 길에 더 많은 은행들이 떨어질 것이고 사람들이 밟고 다녀서 냄새만 더 많이 나고, 그 악취는 오래갈 것이다. 따가거나 주워다 유용하게 사용하는 것이 더 좋으리란 생각이다. 대신 따가는 사람들은 나무가 상하지 않도록 조심을 해야 할 것이다.

산수유나 산사자도 마찬가지다.

하지만 사용법이나 가공하는 방법을 알고 따다 써야 할 것이다.

공원에서 산수유나 산사자를 따는 아주머니들에게 어디다 어떻게 쓰느냐고 물어보면 대부분 정확하게 아는 분들이 거의 없다. 남이 따니까, 좋다고 하니까, 색이 좋으니까, 술이나 담가놓으려고 하고 생각하는 분들이 많다.

산사자는 산사춘이란 술로 더 널리 알려져 있다. 산사자는 위장에 좋은 한약재로 쓰인다. 서리 맞은 산사자는 동맥경화도 뚫는다고 한다. 술을 우려내거나 닭에 넣어 삶아먹기도 한다. 많이 먹으면 안 된다. 한꺼번에 많이 먹으면 위가 쓰리고 아픈 증상이 올 수도 있다.

공원에 많이 열린 산사자를 따다가 닭에 서너 움큼 넣어서 삶아먹고 위가 쓰려서 몹시 혼난 일이 있는 경험을 나도 갖고 있다.

산수유는 따다가 그대로 말리거나 술에 담그는 분들이 많은데 그렇게 하면 안 된다. 산수유는 씨를 제거하고 과육만 말려서 사용한다. 씨를 제거할 때 손톱이나 이로 한쪽 귀를 잘라내고 엄지와 검지로 눌러서 씨를 빠져나가게 하고 남은 과육만 말리면 된다.

산수유는 보약재다. 어린이 야뇨증에 산수유와 소고기를 삶아 먹이면 좋다고 한 얘기를 들은 일이 있다. 언젠가 TV에 나온 어떤 회사 사장이 '남자에게 좋긴 좋은데 뭐라고 표현할 말이 없네.' 한 말도 생각이 난다. 산수유는 구례 산동에서 많이 나는데 구례 산동 여인들이 산수유 때문에 다 예쁘다고 한다. 산수유는 한국 산동에도 많이 나지만 중국에도 산동이 있는데 역시 중국 산동에서도 산수유가 많이 난다고 한다.

이런 열매들을 겨울까지 놓아두면 보기에는 좋을지 몰라도 결국 검게 말라 있으면 그 또한 보기가 흉할 것이다. 잘 익었을 때 불법이라 해도 따다가 이용을 하는 것이 좋으리란 생각이 든다. 관계당국은 나무만 훼손하지 않는다면 지금처럼 알아도 모른 척하는 것이 바람직하다고 나는 생각한다.

그러나 남이 따가니까 나도 따가는 그런 마음으로 따면 안 될 것이다. 정확하게 쓸 곳을 알고 가공 및 사용법을 알고 따가야 할 것이다. 여러 사람이 이용하는 공공의 장소인 만큼 욕심 부리지도 말아야 할 것이다.

세상에서 가장 작은 밭

아내의 무릎 치료 때문에 병원에 갔다.

진료예약시간이 9시여서 조금 일찍 갔더니 병원 문이 열리지 않았다.

병원 앞에서 기다리게 되었다. 기다리는 곳, 앞에 전주와 가로수 사이 흙이 있고 고추 한 그루를 심어서 가꾸어 놓은 것이 보였다.

주인의 사랑이 느껴질 만큼 고추는 잘 자라고 있었다.

내가 본 밭 중에서는 세상에서 제일 작은 밭이다.

화분에 고추를 심거나 빌라나 단독주택 옥상에 조그만 밭을 만들어놓고 채소 등을 심는 것은 많이 보았다. 화분에 고추를 심어놓은 것도 보통 두 그루 정도는 심는다.

하지만 저렇게 작은 밭은 오늘 처음 보았다. 밭의 형태를 갖추고 있으면서 고추를 딱 한 그루 심어놓은 작은

109

밭 말이다. 삭막한 도시 거리에 조그만 액세서리 같아 미관상 좋아 보인다.

시골에 가면 여러 가지 논이나 밭이 있다.

작은 논이나 밭으로는 삿갓배미가 있다. 삿갓 하나를 덮으면 딱 맞을 만한 작은 논이나 밭이다. 방석 배미나 덕석 배미도 있다. 방석이나 덕석 하나를 펼친 크기만큼이나 하다는 작은 밭이나 논이다.

보통은 크기를 말할 때 한 되지기나 한 마지기를 쓴다. 한 섬지기도 있다. 열 섬지기 기름진 땅도 있다.

한 되지기는 씨앗을 한 되를 뿌릴 수 있는 밭이나 논이다. 한 마지기는 씨앗을 한 말을 뿌릴 수 있는 밭이나 논이다. 한 섬지기는 씨앗을 한 섬을 뿌릴 수 있는 밭이나 논이다.

되나 말이나 섬은 구(舊) 두(斗)를 말한다. 구 두는 옛날에 사용하였던 말이다. 신(新) 두(斗)는 한 말이 18ℓ다. 되로는 1.8ℓ를 가리킨다. 구 두는 신 두보다 작은 말이다.

그렇게 보면 열섬지기는 그 크기가 어마어마한 땅이 될 것이다. 한 섬지기나 열섬지기의 단독 땅은 없을 것이다. 그 집 전체 농사를 이를 수 있는 말로 썼을 것이다. 그 집은 열섬지기 기름진 땅을 가지고 있는 부자였다. 하는 식의 말로 썼을 것이다.

내가 어렸을 적에 어른들이 한 마지기를 두고 말씨름을 하는 것을 보았다. 세금을 한 말 가져가는 땅이 한 마지기라고 하는 어른과 소작료가 한 말이라는 어른이 서로 본인 말이 맞은 말이라고 하는 말씨름이었다. 소작료나 세금이 너무나 과다한 부담이 되어서 생겨난 말이 아닌가 하는 생각을 한다.

한 마지기는 200평이나 300평, 400평, 또는 150평을 한 마지기로 한다. 지방마다 다른 평수의 넓이를 쓴다.
지금은 300평 한 단보를 한 마지기로 하는 곳이 많다. 300평이 한 마지기이고 3000평은 일정이라고 한다.
계량단위가 되면서 한 마지기는 일 a이고 약 990평방 미터다. 일정은 일 ha이고 약 9,900평방 미터다.

그런가 하면 부지땅이 하나 꽂을 땅이 없다는 말도 있다. 바늘 하나 꽂을 땅이 없다는 말도 있다.
내가 오늘 본 땅보다 작은 땅이다.
부지땅은 전라도 말로 부엌에서 아궁이에 불을 땔 때 쓰는 부지깽이라는 작은 나무 작대기나 쇠작대기를 이르는 말이다. 부지깽이나 바늘 하나 꽂을 땅이 없다는 말은 땅이 하나도 없다는 말이다. 아주 가난하다는 말을 이르는 말이다.

  저 작은 땅에 고추 한 그루를 심어 액세서리 같은 밭을 만들어놓고 매일매일 물을 주고, 거름을 주고, 정성스레 가꾸는 분의 고운 마음이 맑고 푸른 하늘처럼, 마음에 아름다움으로 스며든다.

4

추억보다 더 아련한
사랑이 어디 있으리

검정고무신

못생겼어도 못 생기지 않았다. 투박하게 보여도 투박하지 않다. 색깔만 검을 뿐이지 흰 고무신보다 못한 것이 뭐가 있단 말인가. 세상에는 검고 흰 것이 얼마나 많은가. 검은 먹이 없으면 흰 종이가 무슨 쓸모가 있으며 까마귀가 없었다면 백로의 흰 색이 어찌 대비되었을 것인가.

검정고무신은 나에게 한 번도 불평을 한 적이 없다. 진땅을 밟거나 마른 땅을 밟거나 구불구불한 논둑밭둑을 가거나 돌투성이 산에 나무를 갈 때도 못 간다고 상을 찌푸린 적이 없다. 흰 고무신이었다면 금방 때가 묻어 얼굴색이 변하기도 했을 것인데.

진흙이 달라붙어도 흙탕물을 뒤집어써도 물로 한 번 씻어주면 금방 환한 얼굴이 된다.

더울 때 땀범벅이 되어 들에서 돌아왔을 때, 이웃집 나이 먹은 아짐이 바가지 물 끼얹어 등 목욕 시켜주던 그런 격식 없는 편안함이 느껴지는 것이 검정고무신이다. 밥 먹을 때 들어가도 어려움 없이 식은 밥에 수저 하나 더 얹어주고 접시에 김치 담아주지 않고 통째로 내어놓으면서 손으로 쭉 찢어주던 그런 편안함이다.

구두는 위엄이 도사려 있고 약칠하지 않으면 금방 코가 벗겨진다. 흰 고무신은 너무나 정갈하여 곁에 가기가 망설여짐이 험이 되기도 한다. 친구 중에는 구두 같은 사람이 있기도 하고 흰 고무신 같은 사람이 있기도 하며 검정고무신 같은 사람이 있기도 하다. 나는 내가 검정고무신 같이 털털해서 그런지 검정고무신 같은 사람이 그냥 좋다. 가난한 사람의 마음을 헤아려 값도 저렴하고 수명도 긴 것 또한 내가 좋아하는 덕목이다.

시골 살 때 내가 주로 신은 신이 검정고무신이다.

시골살이에 가장 적합한 신이 검정고무신이라고 생각한다.

들에 가서 일을 하고 집에 와서 발 씻을 때 힘들이지 않아도 신을 금방 깨끗이 씻을 수 있는 것이 검정고무신이다.

물로 몇 번 씻어 거꾸로 엎어놓으면 금방 물이 빠지고 보송보송해진다.

논이나 밭과 집을 하루에도 몇 차례씩 오고 가는 시골살이에 검정고무신만큼 편안한 신은 없다.

흙으로 더러워져도 어디서든지 물만 있으면 바로 씻어

깨끗이 신을 수 있는 것이 검정고무신이다.

검정고무신 중에서도 타이야표검정고무신은 수명이 길어서 제일의 명품이었다. 그 신은 타이야 처럼 오래 신을 수 있었다. 한 가지 험이라면 엿을 바꿔 먹지 못한다는 점이랄까. 엿 장사도 흰 고무신만 가져간다는 말이 있다. 어른 들이 신다 떨어진 신은 엿 장사가 오면 엿을 바꿔 먹는 유일한 물물교환거리? 였는데....하지만 아직 신을 만한 신을 어른 들 없을 때 엿 바꿔 먹고 혼이 난 추억을 가진 사람도 많을 것이다.

도시로 이사 오면서 검정고무신도 함께 가지고 왔으나 도시에서는 불편한 신이 검정고무신이었다.

모양은 우선 놔두고라도 콘크리트 길이나 아스팔트처럼 딱딱한 길에서 검정고무신을 신어보았더니 길에 닿은 발바닥의 감촉이 여간 불편한 것이 아니었다.

시골길은 흙길이어서 길이 비교적 푹신푹신하기 때문에 구두나 운동화를 신을 필요가 없이 고무신을 신어도 발이 편하였는데 도시 길은 달랐다.

도시 길에서는 바닥이 단단하고 두꺼운 운동화나 구두가 제격이고 시골에서는 고무신이 제격이라는 것을 이사 온 뒤에야 알았다.

흙길이 많은 시골에서는 구두나 운동화는 흙이 묻으면 털기가 불편하다. 고무신은 흙이 잘 묻는 시골의 특성상 바로 아무 곳에서나 씻어 신을 수 있기 때문에 편리하다.

몇 년 전 시장에 갔더니 신발가게에 검정고무신이 있는 것이 보였다.

그때 떠오른 생각이 여름휴가철에 검정고무신을 가지고 가면 좋을 것 같다는 생각이 떠올라 검정고무신을 한 켤레 샀다.

여름휴가 때 신어보니 안성맞춤이었다.

슬리퍼를 신으면 모래가 발에 묻어 귀찮을 뿐만 아니라 물속에서는 신기가 몹시 불편하다. 검정고무신은 물속 아무 데나 신고 다녀도 좋다. 양말을 신고 신으면 뻘밭에서도 잘 벗겨지지 않는다. 나올 때 신에 묻은 모래나 흙은 씻어버리면 다시 신에 들어오지 않아 깨끗이 나올 수 있어서 좋다.

여름에만 며칠 씩 신고 신발장에 놔두었는데 요사이 계속 신을 수 있는 사용처가 생겼다.

며칠 전 욕실에서 물을 붓다가 신발로 물이 들어와 금방 신은 양말이 젖어서 다시 갈아 신으면서 검정고무신이 생각났다.

검정고무신을 신었더니 욕실에서 어지간히 쓰는 물은 발에 젖지 않고 미끄러운 감도 없었다.

검정고무신이 욕실에서 신을 신발로는 제격이라는 것을 알고부터 검정고무신이 욕실화가 되었다.

사람이나 물건이나 다 제격에 맞는 곳이 있는 법. 이 길을 찾아내는 것이 바로 적성을 찾는 길이 될 것이다.

미끄러짐에 약한 나이 먹은 분들에게는 검정고무신이 욕실화로 아주 적격일 것이라는 생각이 들어 여기 올려 본다.

도리깨

춤을 춘다. 춤을 춘다, 도리깨가. 긴 장대 끝 낭창낭창
한 손가락 펼쳐. 가을 하늘에 한 자락 떠 있는 흰 구름
을 휘저어 잡아 돌리려는 듯. 한바탕 크게 휘둘러 한 가
락 곡선을 그리다 아래로 힘주어 맵시 차게 접어내리는
춤사위를 보여주면서 춤을 춘다.

머리에 수건을 쓰거나 질끈 동여맨 이웃 아저씨 두 분
이 서로 주거니 받거니 도리깨질을 한다.
마당에 넓게 깔려 있는 무거지*를 내려칠 때마다 깜짝
깜짝 놀란 나락들이 떨어진다. 이제는 더 못 버티겠다는
듯이 움켜잡고 있는 줄기를 놓고 떨어진다. 섣부르게 맞
으면 좀 더 버텨보자고 떼를 쓰며 떨어지지 않는다.

---

* 벼 탈곡할 때 떨어져 나오는 줄기에 알곡이 조금씩 달린 벼 줄기의 찌꺼기

한 아저씨가 도리깨를 어깨 위로 높이 들어 올려 뒤로 젖히면, 다른 아저씨는 들어 올렸던 도리깨를 반동의 힘으로 강하게 내려친다. 땅에 깔려 있던 무거지 더미가 한 대 강하게 얻어맞고 풀썩 튀어 오르다 다시 눕는다.

주거니 받거니, 도리깨를 내려친다. 한 분은 한 발 한 발 작은 걸음으로 뒤로 물러서면서 치고, 한 분은 앞으로 한 발 한 발 나아가면서 친다. 물러서고 따라가고 물러서고 따라가고, 매기고 받으면서 서로의 간격을 적당히 유지하면서 도리깨질을 한다.

서로 서 있는 거리는 삼사 미터 정도 떨어져 있지만 도리깨가 내려치는 자리는 앞사람이 친 자리 바로 옆을 치면서 빈틈없이 치고 나간다. 가운데를 칠 때는 바로 내려치고, 가장자리를 칠 때는 무거지가 밖으로 흩어지지 않도록 도리깨를 옆으로 밀어 쳐 안쪽으로 몰아친다. 숙련된 노련한 솜씨가 아니면 어림도 없는 일이다.

어이 허, 어이 허, 때로는 훅훅 힘을 내뱉으며 치기도 한다.

도리깨질은 힘이 무척 많이 드는 농사일이다. 자주자주 잠깐잠깐 쉬면서 막걸리 한 대접 쭉 들이켜 목을 축이고 힘을 돋우어 친다. 사람만 목을 축이는 것이 아니고 도리깨꼭지도 물에 적셔서 축여준다. 열을 식히고 말라서 부셔지기 쉬움을 방지하기 위해서다. 사람도 화가 많이 났을 때는 냉수 한 모금 마시면 열이 내려가게 된다.

막걸리가 적당히 들어가면 신이 오른듯 도리깨 소리가 더 힘을 받는다. 도리깨 소리에 맞추어가면서 도리깨질을 한다.

'어화 나간다. 힘들여 때려라. 어화 위로 쳐들고. 어화 힘껏 때려라. 어화 보리가 나간다. 어화 보리 보고 때려라. 가슴 모으고 번쩍 들어 때려라……'

일과 술과 소리. 마치 김치에 싼 홍어와 돼지고기의 삼합처럼. 피로를 잊기 위한 삼합이라고나 할까.

한바탕 치고는 도리깨 자루로 무거지를 뒤집는다. 아랫부분과 윗부분을 바꾸어 펴고 다시 도리깨질을 한다. 두서너 번 뒤집어가면서 도리깨질을 한 뒤에는 나락이 다 떨어졌나? 살펴 확인을 한다. 나락이 다 떨어졌으면 검부저기를 걷어낸다. 걷어낸 검부저기는 소먹이로 쓰기 위해 한쪽에 잘 모아서 비 맞지 않게 날개*로 덮어둔다. 떨어진 나락은 풍구질 하거나 바람에 드려서 먼지 등을 날려 보내고 알곡만 선별한다.

발로 밟으면, 대롱대롱 흥겹게 노래를 부르며 돌아가는

---

* 이엉으로 쓰기 위해 볏짚을 엮어놓은 것을 날개라고 함.

탈곡기로 나락을 탈곡할 때다. 알곡만 가려내기 위해서 탈곡기 앞에 쏟아진 나락을 갈퀴로 긁어 길게 뿌려 던지고, 그 위를 싸리 빗자루나 댓가지 빗자루로 살짝살짝 쓸어 빗겨내면 알곡만 등을 이루어 남고 거친 것들은 빗자루에 쓸려 뒤쪽으로 모아지게 된다. 이 거친 것들을 무거지 또는 묵지라고 한다. 무거지에 붙은 나락을 떨어내기 위해서 도리깨질을 하는 것이다. 간혹 탈곡 뒷날 도리깨질을 하기도 하지만, 품앗이 일로 바쁜 때라 모아놓은 무거지를 두지로 만들어 두는 것이 일반적이다. 가을일이 끝나고 일이 없어질 때쯤 무거지를 치는 도리깨질을 한다.

위에서 본 풍경들은 내가 어렸을 때 본 풍경이다.

나는 어렸을 때 아버지가 일찍 돌아가시고 안 계셔서 이웃 아저씨들 도움을 많이 받았다. 하루 일하면 품삯으로 쌀 한 되를 받던 때다. 그 마저 받지 않고 해주시는 경우가 많았다. 우리 동네는 우리 집처럼 남자가 없어 벼 수확이나 모심기, 그밖에 농사일을 못하는 농가가 몇 집 있었다. 동네 사람들은 자기 일이나 품앗이 일이 끝나면 개인적으로나 공동 작업으로 남자가 없는 집의 일을 도와주곤 하였다. 때로는 하루 종일 고된 일을 하고도 달밤을 택하여 볏단을 지게로 져 들이는 일을 하여주기도 하였다. 한 마을 사람들이 이웃 간에 서로 정을 베풀며 살아가던, 정이 철철 넘치던 때가 아니었나 하는 생각이 든다.

국어사전에서 도리깨를 찾아보면, 긴 장대 끝에 구멍을 뚫고 그 구멍에 꼭지를 박고, 그 꼭지에 회초리 같은 네댓 개의 나무를 묶어 만든, 도리깨 발을 움직이지 않게 단단히 매달아 보리, 밀, 콩, 녹두, 팥, 조, 메밀 등 잡곡의 낱알을 떠는데 쓰는 농기구로 적혀있다. 하지만 내가 살던 곳은 평야지대로 밭농사보다는 논농사가 많아 주로 나락 무거지를 치는 데 사용했다. 도리깨로 무거지를 치기도 하지만 콩이나 메밀을 치기도 한다.

콩을 수확하여 동으로 묶어두었다가 농사일이 거의 끝나는 늦가을이나 초겨울. 날이 맑고 좋은 날을 택하여 마당 가득 펴 말린다. 도리깨로 쳐서 알 콩을 털어낸다. 콩을 칠 때는, 도리깨에 맞은 콩이 아이코 무서워, 하고 멀리 튀어 달아나곤 한다. 마당 가장자리에 덕석이나 포장을 깔아 줍기 쉽게 한다. 콩 타작 역시 두어 번 뒤집어가면서 도리깨로 치고, 콩 대를 연료로 사용하기 위해서 거친 것들을 걷어내 보관한다. 콩깍지는 소가 좋아하고 소에게 영양가도 많으므로 소먹이로 사용하기 위해 따로 보관한다.

소를 기르지 않는 집에서는 콩깍지를 모아서 땔감으로 쓰면 좋았지만 땔감으로 쓰기보다는 소먹이로 쓰라며 소를 기르는 집에 주었다. 알 콩은 풍구로 부치거나 바람에 드려서 먼지나 찌꺼기를 걸러내고 깨끗이 하여 보관하였다가 메주를 쑤거나 콩나물을 기르거나 아니면, 두부나 콩가루를 만드는 등 식생활에 긴요하게 사용하였다. 메주나 두부나 콩나물은 콩이 도리깨에 맞아 자신들이 탄생하였다는 것을 알고 있을까.

보리를 탈곡하는 타맥기가 나오지 않았을 때는 도리깨가 하는 일중에서 보리 치는 일이 제일 큰일이었다고 한다. 그러나 나는 보리를 도리깨로 치는 것은 보지 못했다. 타맥기로 치는 것만 보았을 뿐이다.

옛날 농기구 중에서도 나는 도리깨를 잊지 못한다. 내가 어느 정도 나이가 먹었을 때다. 도리깨질을 배워 도리깨질을 한 때가 있었다.

도리깨질은 보기에는 쉬운 것 같아도 실제 해 보면 참 어려운 일이다.

농사일 중에서 어려운 일은 소로 논갈이를 하는 쟁기질과 도리깨질이다. 질자가 따라붙는 일은 무척 힘이 들기도 하지만 또한 어렵기도 하다.

중부 이북 지방은 도리깨자루를 손으로 돌려가면서 친

다. 또 어떤 지방에서는 도리깨 발을 밑으로 해서 뒤로 돌려 바퀴 돌리듯 치는 곳도 있다. 그러므로 큰 기술이 필요한 것 같진 않았지만, 남부지방 도리깨질은 기술을 필요로 한다. 남부지방 도리깨질은 도리깨 자루를 돌리지 않는다. 두 손으로 단단하게 움켜쥐고 어깨 위로 들어 올린다. 들어 올린 힘으로 도리깨 발이 뒤로 넘어가게 하였다가 뒤로 넘어간 도리깨 발이 앞으로 그대로 다시 넘어오게 한다. 반동의 힘을 이용하여 묵직하게 내려치기 때문에 곡식에 맞을 때는 아주 매게 맞는다. 뿐만 아니라 숙달되지 않으면 어려운 작업이다.

내가 도리깨질을 배울 때도 그랬다. 도리깨 발이 눕지 않고 꼿꼿이 선 채로 먼저 땅에 곤두박질 치는가 하면, 도리깨 꼭지가 먼저 땅에 맞아 도리깨가 부서지기가 다반사였다. 도리깨 꼭지가 먼저 땅에 닿으면 꼭지가 부러지고, 도리깨 발이 눕지 않고 꼿꼿이 서서 땅에 곤두박질 치면 도리깨 발이 부러지기도 한다.

도리깨는 도리깨 전체를 여분으로 만들어두고 쓰기도 하였지만, 도리깨 발이나 꼭지는 더 많은 여분을 준비해 두어야 했다.

다른 농기구는 다 빌려주어도 도리깨는 잘 빌려주지 않는다. 농사에 긴요하게 써야 하는데, 잘 부서지는 특성상 빌려주었다가 부서지면 써야 할 때 못 쓰기 때문이다. 재료를 구하기도 쉽지 않았을 뿐더러 상당히 오랜 시간을 거쳐야 채집한 재료로 도리깨를 만들 수 있기 때문이기도 했다.

나 역시 남의 도리깨를 빌려다 쓰면서 망가뜨려 부서진 채로 가져다 드려야 할 때도 있었다. 그때 그 미안함이란 어떻게 말로 표현할 수 없다.

우리 증조할아버지께서는 누가 도리깨를 빌리러 오면 '도리깨 여기 있네.'하고 자랑만 하고 빌려 주지는 않고 돌려보냈다고 한다. 도리깨를 비롯하여 손으로 만들 수 있는 농기구를 빌리러 오면 보여주면서 자랑만 하고 빌려주지는 않았지만, 돈을 주고 사서 써야 하는 농기구는 잘 빌려주었다고 한다.

돈이 없어서 사지 못하는 농기구는 두말 않고 빌려주었지만, 자기 노력으로 만들어 쓸 수 있는 농기구는 게을러서 만들지 않고 빌리러 왔다고 빌려주지 않았다 한다.

할머니 할아버지는 나 들으라고 하셨는지 모르지만 증조할아버지 얘기를 자주 해주셨다.

나는 도리깨질을 배우면서 도리깨 만드는 것도 함께 배웠다.

도리깨는 곧고 매끈한 긴 대나무 장대 끝에 구멍을 뚫

고, 그 구멍에 볼트 같은 나무 꼭지를 박는다. 그 꼭지에 회초리 같은 네댓 개의 도리깨 발을 매단다. 도리깨 발은 회초리 네댓 개를 마치 말린 오징어 다리 모양으로 펴서 엮고, 윗부분은 헝겊이나 삼끈 등으로 잘 감아 작은 구멍이 나게 만든다. 이렇게 만든 도리깨 발을 도리깨 꼭지에 꼭 끼워 넣어 빠져나가지 않게 대로 만든 대못이나 나무못을 박아 고정시킨다. 도리깨 자루는 어른 키 높이 정도나 아니면 조금 길어도 되고 조금 짧아도 된다. 손으로 쥐면 한 주먹 되는 크기의 대나무를 골라 쓴다. 곧은 대나무를 마디까지 매끈하게 만들기 위하여 낫을 옆으로 뉘어 손안에 잡고 마디에 낫 이를 대고 대나무를 빙빙 돌려서 다듬어 사용한다. 도리깨 꼭지는 밤나무나 탱자나무 등 단단하여 쉽게 부러지지 않는 나무를 볼트나 비녀 모양으로 깎아 만든다. 도리깨 발은 꾸지뽕나무나 물오리나무 등을 사용하기도 하고, 이삼 년 된 대나무의 맨 아래쪽 부분을 쪼개어 만들었으므로 그 재료 구하기가 쉬운 일이 아니었다.

도리깨 발은 그 어떤 나무보다 단단하고 질긴 나무로 만들었기에 수도 없이 내려쳐도 오래도록 부서지지도 않았지만, 도리깨질을 하면 상대방인 콩이나 보리, 나락 등이 반항하지 못하고 바로 까지거나 떨어져 나가는 것이 아닌가.

도리깨질에 어느 정도 자신감이 붙어갈 무렵, 콩이나 무거지도 타맥기에 넣어 탈곡을 하는 시대가 오고, 그 뒤로는 도리깨질을 해 보지 못했다.

그렇게 어렵고 힘들었던 일이었는데 이제는 그 어렵고 힘들었던 일이 어렵고 힘들어서 더 잊지 못하는 그리움이 되었는가. '일생 중 가장 힘들 때가 가장 행복한 때였더라, 지나고 보니' 하는 말이 있는데 가끔 그때가 생각이 나고 도리깨질을 한 번 해보고 싶은 생각이 날 때가 있다. 그때가 젊어서 행복했던 시절이었던가.

매기거니 받거니 신나게 도리깨질을 한 번 해 보고 싶다.

2012. 3. 9.

고래 터주는 사람

"고래 터요-오."

"고래 터요-오."

"막힌 고래 터드려요-오."

1960년대, 내가 20살 안팎이었을 때다. 고래를 터주러 다니는 사람이 있었다.

등에다 중간 크기의 풍산이(풍구)*를 짊어지고 마을마다 골목을 돌아다니면서 "고래 터요-오." "고래 터요-오." "막힌 고래 터드려요-오." 하고 외치고 다니는 사람이 있었다.

우리 집도 그 사람을 불러서 몇 번 고래를 텄다.

그때만 해도 보일러는 물론이고 연탄도 때지 않던 시대다. 집집마다 구들이 깔린 온돌방이다.

---

* 손으로 돌려 바람을 내어 곡식에 먼지나 껍데기를 날리고 알곡을 고르는 농기계.

내가 살던 곳은 평야지대다. 산이라고 해보아야 나무가 많지 않았다. 산에서 땔감을 구하기가 어려웠다. 볏짚이나 보릿짚을 땔감으로 사용하여 밥을 짓거나 방을 따뜻하게 하였다.

가을 수확철이 끝나면 집집마다 짚벼늘이 쌓여 있었다. 초가집 지붕이엉이나 울타리를 막는데 쓰고 남은 볏짚은 겨우 내내 밥을 짓고 방에 불을 때는 연료로 사용하였다.

여름에는 보릿짚으로 밥을 지어먹었다. 여름에는 방에 꼭 불을 지필 필요는 없었으나 한옥의 특성상 여름에도 가끔 불을 때 주어야 한다.

습기에 약한 한옥의 특성상 가끔 불을 넣어주어야 벽이나 방바닥의 손상이 덜 된다. 여름의 눅눅함을 없애준다. 더운 여름에도 가끔 부삭(아궁이)에 불을 때서 밥을 지어먹어야 했다.

여름에는 마당이나 정제 옆 마당에 한데 솥을 걸고 음식을 거의 하였지만 검정 밥솥은 거의가 다 정제 안의 부삭에 고정되어 있었다. 부삭에 고정되어 있는 솥에 불을 때면 방이 더워 잠자기가 불편하였어도 정제에서 밥을 지어먹은 것은 이런 이유 때문이다.

보릿짚이나 볏짚을 때면 재가 부삭에서 고래를 타고 구들장 밑으로 들어갈 수밖에 없다. 부삭에 쌓인 재는 끼니

때마다 불을 때기 전에 당글개*로 긁어내서 재소쿠리에 담아 잿간에 모아두었다 거름으로 썼지만, 고운 재는 불살에 날려 고래 밑으로 들어가 구들장 밑에 쌓일 수밖에 없었다.

일 년이나 이 년에 한 번쯤은 토수(미장이)를 사서 구들장 일부를 뜯어내고 쌓인 고랫재를 긁어내는 청소를 한다. 아니면 오륙 년에 한 번쯤은 구들장 전체를 뜯어내고 고랫재를 긁어내야 한다.

방 하나를 뜯고 고랫재를 긁어내는 청소를 하는 데는 하루나 이틀이 걸린다. 노임이 만만찮았다. 보통일의 품삯보다 열 배 정도 비쌌다. 보통 품삯이 하루 일을 하면 쌀 한 되를 받았는데 토수의 품삯은 하루 쌀 한 말을 주어야 했다.

그 무렵 그걸 대신해서 생겨난 것이 바로 고래 터주러 다니는 사람이다.

부삭 가득 생솔가지나 볏짚을 넣은 뒤에, 짊어지고 다니던 풍산이 바람구멍을 부삭(아궁이)문에 맞혀 넣고 바람이 다른 곳으로 새어나가지 않게 물에 이긴 흙으로 구멍을 잘 막았다. 생솔가지나 볏짚에 불을 붙이고 풍산이

---

* 당글개 : 조그만 나무판자를 긴 자루에 직각으로 붙여 벼를 널 때 당겨서 펴는 농기구. 아궁이에 재를 긁어낼 때 쓰는 기구.

를 돌려서 바람이 세게 구들장 밑으로 들어가게 한다. 불
살은 굴뚝까지 나올 정도로 세게 타들어갔다. 안에 쌓여
있던 구들장 밑 재들이 재차 타고 바람에 날려서 굴뚝
및 홈으로 들어가거나 제거되어 일 년 정도는 방을 뜯어
고치지 않아도 된다.

요사이 말로 한다면 틈새시장을 노리는 아이디어 상품
쯤 된다고 보면 맞을 것 같다.

얼마 되지 않아 농촌도 연탄이나 기름을 때는 시대가
되었다. 잠깐 생겨났다가 사라진 직업인데 지금 생각해보
면 참 정겨운 직업이라는 생각이 든다.

살아오면서 알게 모르게 주워 먹은 것이 많아 막혀버린
내 가슴 내 마음을 확 뚫어줄 고래 터주는 사람이 있다
면.

2014. 4. 1.

우장과 삿갓

"우장*이란 말을 쓰시는 걸 보니 고향이 저 남쪽인가 봐요."

"예, 해남이여요. 선생님은요."

"저는 고흥인데요. 지금 사람들 우장이 뭔지 알까요."

시낭송 도중 옆에 앉은 분의 글 속에 우장이란 말이 쓰여 있어서 주고받은 말이다.

비가 왔다. 비가 많이 왔다. 마당에 물방울이 둥둥 떠 내려가고 있었다. 아침을 먹고 방에서 나오니 할아버지가 마구정제**에 걸어두었던 우장을 꺼내서 입혀 주셨다. 비

---

* 우장 : 도롱이. 지방에 따라 만드는 재료가 조금 다르기는 하지만, 내가 살았던 전라도 해안지방에서는 강가 갈대밭 사이에 나는 가늘고 질긴 짜부락이라는 풀을 베어다 말려서 가늘게 새끼를 꼬아 가로 세로로 엮어 안을 만들고, 겉에는 띠풀이라고 넓고 길게 생긴 풀을 베어다 잘 말려 촘촘하게 층층이 엮어 양 어깨에 걸어 입는 비옷이다.

** 마구정제 : 소를 기르는 부엌, 마굿간

올 때 우장만 입으면 머리와 목 부분이 젖기 때문에 삿
갓*도 함께 씌워 주셨다.

나는 우장을 입고 삿갓을 쓰고 학교에 갔다.

입학을 하고 첫 비오는 날이었다.

다른 아이들은 비옷을 입거나 우산을 쓰고 학교에 왔었
다. 우산이나 비옷이 없어 비를 맞고 온 아이도 있었다.
마대자루를 한 쪽 귀를 접어 넣어 챙이**처럼 쓰고 온 아
이도 몇 있었다.

나는 우장과 삿갓을 교실 뒤쪽에 벗어놓고 책상의자에
앉았다.

'저 애 꼭 고슴도치 같다.' 하고 한 애가 말하자 모두들
나를 쳐다보고 웃었다.

우장을 쓰고 온 덕에 비 맞지 않아 추위에 떨지는 않
았지만, 고슴도치 같다는 말에 창피해서 내 얼굴이 빨개
졌다. 그 뒤로 아이들이 날 보면 고슴도치라고 어찌나 놀
려대던지 내 별명을 고슴도치라고 부를 정도였다.

그 뒤 얼마 지나서 또 비가 왔다.

"비 온다. 이것 쓰고 가거라."

---

* 삿갓 : 대나무를 아주 얇게 쪼개서 깔때기 모양으로 엮어 만들어 비올 때 머
리에 쓰는 생활용품. 김삿갓이 쓰고 다녔던 삿갓.
** 챙이 : 키의 전라도지방 향토어.

할아버지가 우장과 삿갓을 씌워 주려고 하셨다.

"싫어요, 그냥 갈래요."

나는 할아버지의 말을 뿌리치고 우장도 삿갓도 쓰지 않고 쪼록쪼록 비를 맞으며 학교에 갔다. 학교와의 거리는 약 5리, 그 거리를 비를 맞고 갔다. 가는 도중 선배를 만났다. 선배가 우산을 같이 쓰고 가자고 하였으나 무슨 고집에서였는지 나는 싫다고 호의를 뿌리치고 비를 맞은 채 학교에 갔다.

옷은 흠뻑 젖었다. 하루 내내 추위에 오들오들 떨면서 공부를 하고 집에 왔다. 집에 올 때도 비가 왔다. 아침처럼 많이는 오지는 않았지만 그러나 옷은 또 젖었다.

입학하고 두 번째 비오는 날이었다.

할머니가 갑바우산을 하나 사다 주셨다. 대나무살에 군인들이 입는 비옷 천을 씌워서 만든 우산이다. 비닐우산이나 지우산보다는 더 비싸고 튼튼했으나, 쇠살로 만든 까만 박쥐우산보다는 값이 싸고 튼튼하지 못해서 비바람이 칠 때 잘못 다루면 까지거나 부서지기 일쑤였다. 또한 비온 뒤 간수를 잘못하면 살과 살이 만나는 곳, 접고 펴는 곳이 썩기 쉬웠다.

나는 그 우산을 얼마나 소중하게 여겼었는지 모른다. 비올 때 쓰고, 비가 개면 햇볕에 잘 말려서 보관을 하였다. 졸업 때까지 3년을 쓰고 다녔지만 거의 새 우산이나 다름없었다. 졸업 후에도 몇 년을 더 사용하였는지 모른다. 지금도 그 때 그 버릇이 남아 있는가, 아니면 습관인가 헌 우산을 선뜻 버리지 못한다. 지금은 우산이 흔한 시대여서 집에 우산이 많이 있는데도 헌 우산을 고치고 또 고쳐서 쓰는 버릇이 남아 있다. 좋은 버릇인지 아니면 청승을 떠는 꼴보기 사나운 버릇인지? 세 살 버릇이 여든까지 간다고 하였는데.

후에 농사를 지으면서 우장을 입어보니 조금 둔하기는 하여도 참 좋은 비옷이라는 것을 알았다. 특히 비오는 날 모내기할 때는 비옷으로 아주 적격이었다. 우장을 입고 삿갓을 쓰고 작업을 하면 비에 젖지 않고, 바람도 들어오지 않아서 춥지도 않았다.

비 젖은 옷을 입고 하루 내내 추위에 떨면서 공부했던 오기는 있었지만 왜 우장과 삿갓을 쓰고 다닐 오기는 없었을까. 할머니와 할아버지는 갑바우산 하나 사는데, 사주어야지 하면서도 몇 번이나 빈 주머니를 만지셨을까.
지금으로 말하면 기초생활수급자 조손가정의 할머니가 몇 십만 원 하는 패딩점퍼를 아이에게 사주는 것만큼 어려웠을 것인데.

단자(單字)요

"단자요."

문을 열자 물래(마루)에 바구니 하나가 놓여 있다.

새립문(사립문) 옆 울타리 뒤에서 킥킥거리며 웃는 웃음소리가 방까지 들린다.

"음식 좀 담아서 주어라."

할머니가 말씀하셨다.

작은 어머니가 떡과 전 등 음식을 바구니에 담고 술도 한 병 챙겨서 물래에 내어 놓는다.

"여기 바구리 가져가씨요."

울타리 밖까지 들리도록 말하고 문을 닫고 들어온다.

울 밖에 있던 사람들이 살금살금 들어와서 음식이 담긴 바구니를 가져간다.

발자국 소리와 킥킥거리는 웃음을 방까지 들리도록 남기고 그들은 간다.

어떤 때는 한 패거리가 올 때도 있고 어떤 때는 두서너 패거리가 왔다가 간다.

마실 방에 모여 놀던 여자들이 오거나 사랑방에 모여 놀던 남자들이 온다. 마실 패거리와는 달리 사랑방 패거리는 나이 어린 사람을 두서넛 보낸다.

때로는 10대의 아이들이 모여 놀다 오기도 한다. 남녀노소 안 가리는 장난이다.

한 마을에 살면서 어느 집 살강에 숟가락이 몇 개인지 밥그릇이 몇 개인지 까지 아는 것이 시골이다.

오늘이 누구네 집에 누구의 제사라는 것쯤은 다 알고 사는 것이 시골마을이다.

제사를 모신 후에는 음복을 한다. 친척 중에 못 오시는 나이 많은 어른이 계시면 음식을 가져다 드린다. 가족 친척 등 모두가 음복이라고 제사음식을 먹고 각자 돌아간다.

뒷날은 동네 분들을 모두 오시라고 해서 제사음식을 대접해드린다. 때문에 제삿날에는 음식을 대부분 많이 마련하기 마련이다.

긴긴 겨울밤이나 배고픈 봄밤, 마실 방이나 사랑방에서 모여 놀던 사람들이 속이 출출해질 때쯤 누군가가 말한다. 오늘 저녁 누구 집 제사인데 '단자 안 갈래.' 하고 말이다.

그러면 단자 갈 사람을 두서 사람 정하여 바구니 들려서 제삿집에 보낸다.

그릇을 방문 앞에 놓고 '단자요' 하면 제삿집에서는 마련해둔 음식을 담아서 내놓고 문을 닫는다.

어느 집에 모여 놀고 있는 누구누구라는 것쯤은 다 짐작하면서도 모른 척 내놓고 모른 척 문을 닫는다.

때로는 어린아이들이 문틈으로 밖을 은근슬쩍 보기도 한다.

단자를 오지 않아도 동네 사람들이 모여서 노는 마실방이나 사랑방에 제사음식을 보내기도 한다.

단자는 일종의 놀이이고 장난인 것이다. 거기에 덤으로 오는 것이 먹을거리인 것이다.

단자(單字) 하면 우리가 흔히 아는 것으로 사주단자가 떠오른다.

신랑 집에서 신부 집에 보내는 일종의 청혼서다. 신랑의 사주를 적은 종이 즉 사성을 사주단자라고 한다. 사주를 보내면 신부 집에서는 궁합을 보고 혼인날을 택일을 한다. 실제 궁합은 그 전에 볼 것이다. 이것은 형식이라고 보면 될 것이다.

사전을 보면 부조나 선물 따위의 내용을 적은 종이. 돈의 액수나 선물의 품목, 수량, 보내는 사람의 이름 따위를 적어서 문건과 함께 보내는 쪽지 등으로 나와 있다.

옛날 서당에서 글공부를 하다가 밤이 늦어 출출해지면 음식 목록을 간단히 적어 그 쪽지를 제삿집에 보내면 제사음식을 서당에 보냈다고 서당 선생에게서 들은 적이 있다.

제삿집에 보내는 단자의 유래가 아니었나 하는 생각이 든다.

단자 중에는 목침 단자라는 것도 있다고 어릴 때 사랑방에서 어른들에게 들은 기억이 있다.

음식을 나누어 먹는 것이 보편적인 시골인심이다. 하지만 시골도 사람 사는 곳인데 후한 사람도 있고 구두쇠도 있기 마련이다. 가난해서 남에게 제사음식을 나누어 주지 못하는 것이라면 어쩔 수 없는 일이다. 흉이 되지 않는다.

밥술이나 먹고 사는 부잣집에서 제삿날 단자를 가면 음식을 주지 않고 바구니를 울 너머 던져버리거나 음식을 아주 조금 주는 경우도 있다.

이런 구두쇠 집에 가는 단자가 목침 단자다.

사랑방에서 주로 베개로 쓰는 나무토막이 목침이다.

목침에다가 떡 한 동구리 막걸리 한 말, 이렇게 적어서 제사 지내는 구두쇠 집 방문에 던져주고 도망치는 것이 목침 단자라고 한다.

내가 보충역으로 근무를 할 때였다. 집에서 약 오리 떨어진 바닷가 마을 장선포라는 곳에서 근무를 할 때였다.

내가 사는 인근 마을에서 세 명 그 마을에서 세 명 합해서 여섯 명이서 교대근무를 하였다. 밤에 그 마을 친구들이 누구네 집에 오늘 저녁 제사인데 자기들은 동네라서 가기가 그렇다고 우리 보고 단자를 가라고 했다. 우리 셋이 단자를 갔다. 문 앞에서 '단자요' 하고 그릇을 문 앞에 놓고 나오는데 그 집 어른이 문을 열고 '오늘 저녁 제사 아니다' 하는 것이 아닌가. 얼마나 무안했던지.

빈 그릇을 들고 와서 제사 아니라는데 왜 그랬냐고 했더니 그날 꼬막을 씻더란다. 그래서 제사인 줄 알고 그랬다고 했다. 전라도에서는 제사상에 꼬막이 꼭 오르기 때문에 그랬던 모양이다. 오십 년이 거의 다되어가는데도 추억으로 머릿속에 똬리 틀고 앉아 있다.

주민 센터 건강댄스가 끝나고 연말이라고 간단한 송년 파티를 하는데 여자 회원 한 분이 제사라고 일찍 자리를 떴다.

그때 내가 '오늘 저녁 단자 갈게요' 하고 웃자 다들 어리둥절해 했다.

회원이 이삼십 명 되는데 제삿집에 가는 단자를 아는 사람이 한 사람도 없었다.

아마도 제삿집에 가는 단자라는 풍습은 내가 살다온 지방에만 있었던 풍습이었는가?

토정비결

우리 집엔 동네 아주머니들이 항상 많이 모여서 놀았다. 여자들 사랑방쯤 되었다. 정월에는 일 년의 길흉을 점치는 토정비결이나 점, 사주 등을 많이 본다.

나는 토정비결을 보는 〈토정비결〉 책을 한 권 가지고 있다. 약간 오래된 책이다. 1963년에 출간되고 1965년에 5판을 찍은 것을 1966년에 산 책이다. 이 책에는 토정비결만 있는 것이 아니고 상례, 제례, 혼례, 관례 등 사례가 있고 생활에 참고가 될 만한 여러 가지의 기초 서식들이 있는 생활 전서다. 한 권 쯤 곁에 두면 생활에 편리함을 보태줄 책이다.

이 책을 산 뒤로 동네 아주머니들 토정비결을 보아주는 것으로 정월달을 절반쯤 보냈다.

우스운 것은 내가 보아주는 토정비결의 점괘가 잘 맞는다는 것이다. 해마다 정월이 되면 내가 보아주는 토정비결이 인기가 있었다.

물론 돈을 받는 것은 아니고 무료였으니 그러했겠지만 말이다. 정월달은 일이 없고 노는 달이다. 우리 집 안방은 정월 내내 방골을 먹여 벽을 늘려야 할 정도로 아주머니들이 많이 모여서 놀았다.

정월이면 그분들 거의가 다 나에게서 토정비결을 보았다. 물론 재미로 보는 것이지만 다들 맞는다고 하였다. 어떤 아주머니는 정말 진지하게 조용할 때를 가려 와서 보아달라고 하는 분도 있었다.

내가 인천으로 이사를 온 것이 1990년이다. 그러니까 약 25년을 토정비결을 본 것이다. 인천에 이사 온 뒤로는 정월이 되면 가족들 토정비결은 보았다. 다른 사람 것은 볼 일이 없었다.

토정비결은 토정 이지함이 863괘를 만들어놓은 점괘다. 토정비결 평생 것을 모아놓으면 평생 사주가 된다. 토정비결은 점이라기보다 통계학이라고 보는 것이 타당할 것이다. 나는 오행을 잘 모르지만, 오행을 자세히 살펴보면 금, 목, 수, 화, 토를 근간으로 한 통계학이다.

오행은 60갑자 순으로 점차 회전식으로 돌아가게 되어 있다. 오행을 보면 길흉화복이 돌아가면서 온다. 나쁜 운이 몇 년 있으면 좋은 운이 따라와서 몇 년 있다. 굴곡을 지나면 평지가 오고 평지가 지나면 또다시 굴곡이 오는 인생길이 오행에 배치되어 있는 것이 아닌가 하는 생각이 든다. 인생길 실패가 있다고 포기하거나 좌절하지 말고 인내와 끈기로 고비를 넘으면 다음에는 좋은 일이 반드시 온다는 신념의 철학이 토정비결이나 오행에 담겨 있다.

신문에 오늘의 운세를 보아도 그렇다. 좋은 날과 안 좋은 날이 12일을 기준으로 돌아가면서 들어 있다. 오늘 궂으면 내일은 좋을 것이다. 바라면서 사는 것이 사람살이가 아니던가. 이것이 바로 오늘의 운세이고 토정비결이다.

나는 2013년 12월에 성패가 많다는 괘가 있다. 나의 아내 역시 12월에 성패가 많다는 괘가 있다. 그래서 그런지 지나간 12월은 크고 작은 일들이 잘 되지 않고 속을 썩이는 일들이 많았다. 내년에는 그런대로 괜찮은 괘가 있고 저 후년에는 좋은 괘가 있다. 차차 좋아지겠지 하는 마음으로 한 해를 보내고 또 한 해를 보낸다.

운을 내 마음대로 조정을 할 수는 없지만, 토정비결을 보면서 기억해야 할 것이 두 가지가 있다.

토정비결을 볼 때는 그냥 재미로 보는 것이 그 한 가

지다. 나쁜 운이 들었으면 기억해 두고 조심하라는 것이 또 한 가지다. 이 두 가지가 토정비결을 보면서 알아두어야 할 교훈이다.

　토정 이지함 선생님도 아마 그런 생각을 하면서 교훈 삼아 남긴 것이 토정비결이 아닐까 하는 생각을 해 보면서 혼자 슬며시 웃는다.

지게

발대에게

나, 지게야.

자네도 여그 어디서 산다고 들었네.

나도 얼마 전에 서울로 이사 왔어.

글고, 아따 그 머싱가, 여그가 박물관이라고 헌디,
여그다 자리를 잡았네.

자네가 한번 보고 싶네. 가깝게 상께 서로 만나서
옛날 얘기나 하문서 살믄 안 좋겠능가.

내가 세상에서 젤로 잘 아는 동무가 자네인가 싶네
만.

자네도 날 전부 다는 모를 걸세.

내가 자네를 만난 것은 아마도 사람의 나이로 치자
면 한 오십 되었을 때가 아닝가 싶네.

내가 태어나자말자 바로 만난 것이 자네처럼 생긴

147

댓가지 발대였다네. 그 발대가 명을 다해 저세상으로 가자 내 주인이 새재장에 가서 비사리 발대를 사다가 나의 등에다 얹어주었지. 비사리 발대는 뒷집 아짐처럼 생기기는 잘 생겼는디 너무나 커서 내가 항상 버거워했었어. 그래도 정이 들어 나는 그 비사리 발대를 업어주는 날이 많았는디, 비사리 발대가 명을 다하자 주인은 비사리 발대보다는 그래도 댓가지 발대가 좋다고 대밭에서 댓가지를 굵고 곧고 잘생긴 걸로 따다 추려 엮어 댓가지 발대를 맹글어 주었네. 아마도 그 뒤로도 두세 번 자네처럼 생긴 댓가지 발대를 맹글어 내 등에 얹어주어 내가 업고 다녔을 걸.

글고, 그 다음에 주인이 자네를 맹글어 내 등에 얹어주었을 것일세.

그때 자네는 아주 이쁜 새색시였어. 초록 치마를 입고 나에게 왔을 때 내 가슴이 벌렁벌렁 했당께.

사람으로 치자면 나는 홀아비이고 자네는 신부라고 하면 맞을랑가.

때로는 자네를 집에 두고 나 혼자 일을 나가면 자네가 어찌나 보고 싶었던지 몰라. 그래서 자네와 함께 일을 많이 다녔지.

자네도 아마 잘 알고 있을 걸세, 내가 자네를 만났

을 때부터 얼마나 자네를 이뻐했능가를. 물론 앞에 만난 발대들도 다 이뻐하고 함께 일을 다니기는 했지만 자네처럼 이쁘지는 않았어.

아따, 그 머싱가, 세상사 만남이란 다 그렁가 보네. 처음 만나서 정이 들면 애틋한 사랑으로 함께 붙어 살지만 한쪽이 죽어 헤어지고 나믄 그땐 못 잊을 것 같고 못 살 것 같아도 점점 잊어지고 다시 만나는 상대와 또 정이 들어 서로 살을 맞대고 업어주고.

이런 말 한다고 서운해 하지는 말게나. 자네도 나를 얼매나 믿고 따르고 함께 했는지는 세상이 다 아는 일이 아니등가 잉. 세상이 우릴 갈라놓기 전에는 우리는 한시도 서로 떨어져 산다는 것은 생각도 못해본 일이 아니등가 말일세.

 아따, 그렁께, 그건 자네가 나보다 더 잘 알 것이라 생각하네.

자네가 나의 출생비밀을 알고 싶어서 물어볼 때가 가끔 있었지. 뭐 비밀일 껏 까지야 없겄네 만은. 그땐 내가 왠지 산골짝에서 태어나 자란 놈이란 걸 말하고 싶지 않아서 그냥 묵묵부답으로 있었을 뿐이었네.

이제는 다 늙어서 부끄러울 것도 없고 함께 내가 태어난 것을 다 말해도 될 것 같네.

나를 항상 애지중지 아껴주고 등에 업고 다니던 주인은 가난한 시골에서 태어났다네. 주인이 나같이 생긴 지게를 처음 진 것은 초등학교 4학년이었을 때였다네. 논에서 벼를 훑어 가마니에 담아놓고 하네(할아버지)가 지고 댕기든 지게에 얹어놓고 질 수 있냐고 물었을 때 주인은 고개를 까닥까닥하고 처음으로 지게를 졌다네. 가깝기는 해도 집까지 왔었다네. 할무니와 하네가 불안해서 옆에 따라오며 부축을 해주기는 했지만. 그때 할무니와 하네가 하신 말씀이 '아이고 이제 내 새끼가 다 컸네.'하시면서 얼마나 좋아하셨는지 모른다네. 그도 그럴 것이 내 주인은 아주 어려서 3살 때 여순반란사건 때 양민학살현장에서 아부지를 잃었다네. 얼마 지나지 않아서 엄니마저 다른 남자에게 개가를 해 가뿌러서 아주 늙은 할무니와 하네가 키웠는디 얼마나 좋았겠능가. 할무니, 하네 눈에는 고맙고 대견하고 했겠지.

그 뒤부터 주인은 나를 지기 시작해서 풀을 베어오고 나무를 해오고 나락을 저 날리곤 하는 일꾼이 되어 나와 함께 살아 왔네.

 주인은 열일곱 살 때 이웃마을에 사는 처자와 결혼을 하고 살림을 시작하면서 나보다 앞에 있었던 하네가 물려준 지게가 수명을 다하자 나를 만들려고 산에 가서 지게 가지로 적당한 나무를 골라 베어다 나를 맹글었다네.

지게로 맹글기에 좋게 생긴 가지가 붙은 소나무를 베어다 금 가지 말라고 그늘에 말려두었다 나를 맹글었다네.

시장에 가면 목수들이 맹글어서 아주 잘생긴 지게를 살 수 있었지만 값이 비싸서 살 엄두를 못 냈다네. 주인은 어려운 형편이라 나를 맹글어 지기로 하고 나를 맹근 것이라네. 주인은 산이 없어서 남의 산에서 나를 맹글기에 적당한 나무를 훔쳐다 맹글었는디, 그때는 다들 그렇게 사는 세상이어서 보통으로 알았다네. 설령 산 임자가 알았다 해도 꾸중 좀 들으면 되었고 아는 사람 같으면 필요하면 가져다 쓰라고 흔쾌히 주곤 했었다네.

지게 감으로 좋게 가지를 뻗은 소나무를 찾기는 참 어려웠다고 했네. 지게 감으로 좋은 나무를 보면 그걸 베어다 놓고, 베어다 놓은 지게에 어울릴 짝꿍이 될 나무를 찾아서 베어다 놓았다가 잘 마르면 그때 다듬어 지게를 비로소 맹글었다고 하네. 때로는 시궁창에 넣어두어서 한 일 년 정도 된 다음에 꺼내서 다듬어 맹글기도 했는디. 나무는 그렇게 해야 벌어지지 않고 뒤틀리지 않아서 오래 사용을 할 수가 있거든.

소나무 지게 감이 찾기가 어려워 오리목 등 잡목으로 맹글기도 했는디 잡목으로 맹글면 지게가 무겁고 명이 짧아서 귀하긴 해도 소나무를 될 수 있는 한 구해서 맹글었다고 했네. 소나무 중에서도 아주 큰 소나무의 가지에서 잘 생긴 것을 따내면 그게 일품이었지만 그런 나무가 어디 그리 흔했겠능가. 마치 사람으로 치자면 가품 좋은 집에서 태어나 자란 사람이 사위나 며느리 감으로 좋기는 하지만 어디 그렇게 좋은 집안에서 태어난 사람을 구하기가 쉽던가. 적당하면 구하여 잘 만들면 되는 것이지.

지게를 맹글 때는 낫이나 짜구로 나무를 잘 따듬고 쌔장을 박을 구멍을 끌로 뚫어야 하였네. 쌔장은 참나무나 밤나무 아카시아 같이 단단한 나무를 제일로 쳤는디. 쌔장은 4개를 박는데 5개를 박기도 했네. 젤로 위에 것은 한 이십 센티 정도로 좁게 하고 가장 밑에 것은 삼사십 센티 정도로 넓게 해서 왼쪽과 오른쪽 지게 감의 구멍 뚫어놓은 곳에다 박고 철사나 칡넝쿨로 양쪽 지게 감의 허리를 묶어 퉹게로 찔러 돌려서 단단히 틀어 두 번째 쌔장과 세 번째 쌔장에다 걸쳐 놓으면 못 하나 박지 않아도 단단하기가 말할 수 없었네.

거기에 볏짚으로 등태를 엮어 쌔장 밑 부분에 넣어 접어 올리고, 윗부분은 새끼를 꽈서 윗쌔장에다 묶어주면 되었지. 어깨에 짊어질 멜빵 두 개를 땋아서 양쪽에 하나씩 달아주면 완성이 되었네. 등태와 멜빵이 떨어지면 그것만 새로 맹글어 갈아주면 거의 평생을 쓸 수 있었지.

거기에 자네 같은 발대가 필요할 때가 있었네. 거친 짐을 질 때는 나 같은 지게만 있으면 됐지만 쇠풀이나 밭작물을 져올 때, 흙이나 돌 같은 것을 날라야 할 때는 자네 같은 발대가 없으면 안 되었네.

볏단이나 나뭇단을 옮길 때는 양고작이라고 하는 가지가 두 개가 뻗은 나무를 지게 고작에다 찔러서 키를 키운 다음에 져야 앞으로 넘어오지 않고 질 수가 있었지.

또 나와 함께 꼭 같이 다는 것이 지게 작대기라는

것이 있었지. 위쪽에 조그만 가지가 있는 쪽 곧은 나무를 가볍고 단단한 것으로 골라서 썼는디 지게에 짐을 지고 일어날 때나 내리막길을 갈 때 지팡이처럼 짚고 다니면 힘을 받을 수 있어서 좋았네. 마치 사람의 지팡이 같다고 하면 맞을 것이네. 헌데 지게 작대기는 지게를 받쳐놓고 쉴 때 제일 많이 사용 했네. 땅에다 끝을 미끄러지지 않게 쬐끔 찔러 세우고 위쪽은 지게 고작에다 걸쳐서 세워 두면 됐거든.

지게나 발대나 양고작이나 지게 작대기는 다 한 가족이라고 생각하면 딱 맞을 걸세. 서로 도와주면서 힘을 합해서 살아가는.

내가 주인을 만나서 즐거웠던 때도 많았었네. 겨울에는 저수지 얼음에다 나를 바르게 뉘어서 쭉 밀어놓고 썰매 맹크롬 얼음배를 타기도 하고. 어쩌다 일없이 쉴 때는 나를 뉘어 놓고 내 위에 등을 대고 주인은 편하게 누워서 잠을 자거나 쉬기도 했는디 내가 주인을 즐겁게 해주고 편하게 해 주었던 것이 지금 생각해봐도 보람된 일을 한 것이라는 생각이 들어 가슴이 뿌듯하지 뭔가.

어떤 사람은 지게에 애기들을 태워 짊어지고 오는

사람도 있었지. 놀이기구가 별로 없던 시절이었으니 애기들이 얼마나 좋아했것능가.

헌디, 우리 주인은 지게에 애기들을 태워가지고 온 적은 한 번도 없었네.

지게에 산 사람 짊어지는 것 아니라고 할아버지에게서 배워서 그랬다고 했네.

6·25 전쟁 때는 우리 동료인 지게가 큰 전공을 세우기도 했다고 한 말을 많이 들었네. 산이 험하고 높은 고지에 탄약을 비롯한 군수품을 보급할 때 지게가 제일 좋은 운반수단이였다네. 우리 지게가 없었으면 승리를 하기가 어려웠을 거라고 했네.

내 주인은 리어카라고 하는 것을 하루 빌려 쓰고 3일간 나와 함께 볏단을 날라주는 등짐을 해주기도 했네. 리어카라고 하는 신식 운반도구가 나오면서 내가 푸대접 받기 시작한 때가 아마도 그때부터였을 것일세.

새마을 운동 노래가 퍼지고 들판에 넓은 길이 생기기 전까지는 볏단을 저들이거나. 산에서 나무를 해오거나. 밭에서 밭곡식을 수확을 할 때 내가 아니면 안 되었는디 길이 넓어지면서부터 주인은 나를 멀리 하기 시작했네.

주인이 나를 멀리 한 것이 아니고 세상의 변함이 나와 주인의 사이를 갈라놓은 것이라 나는 생각을 하네.

이제 나는 역사의 증인으로나 남아서 박물관이라는 곳에 나의 혼백을 묻어야 할 것 같네.

아따, 머싱가, 그리고 봉께 나를 그렇게도 사랑해 주었던 주인의 안부가 궁금하기도 하네만 주인은 어디서 지금 행복하게 잘 살고 있으리라 생각을 하네. 우리 주인 같이 부지런하고 검소한 사람이 없었으니까. 아마 복 받아서 잘 살고 있을 거야. 그래도 한 번 보고 싶은디.

우리 서로 만날 때까지 몸 보존 잘하고 있기로 하세. 자 그럼 오늘은 이만 안녕.

조상의 은덕

- 나의 증조할머니 -

신은 정말 있는가.

세상에는 말로 설명할 수 없는 일이 더러 있다.

이야기 속에서나 나올 일이, 아니면 진실 혹은 거짓에서나 나올 일이 나에게도 있었다.

그것도 한 번이 아니고 두 번이나. 그 이야기를 여기 써 보려 한다.

첫 번째 이야기.

1964년 여름 어느 날 아내가 갑자기 복통을 일으켰다.

그 때 내가 살던 곳은 전남 고흥군 대서면 장전이라는 조그만 시골 마을.

나는 나이 만 17살(우리 나이로 열여덟 살)에 결혼을 하였다. 내가 결혼을 한 것은 1963년 12월 23일. 그 때 우리 가족은 90이 다 되어가는 할아버지, 80이 다 되어가는 할머니, 나보다 두 살 아래인 여동생 이렇게 살았다. 요사이로 말하면 나는 소년 가장이다. 거기다 나는 10대 종손이다. 할아버지 할머니는, 할아버지 살아 계실 때 나를 결혼시켜 대를 이을 기틀을 마련하여야 하겠다고 생각하시고 아무 것도 모르는 나를 결혼을 시켰다. 나는 이웃 마을에 사는 아가씨와 중매로 결혼을 하였다. 아내는 나보다 두 살 위다.

결혼 생활을 시작하면서 저녁이면 저녁마다 문에 구멍이 뻥뻥 뚫려 있는 것을 아침마다 보았다. 아마 할머니가 나이 어린 나를 결혼시켜 놓고 잠자리는 하는지? 궁금하여서 이웃 분들이나 아니면 숙모님을 시켜서 엿보게 하셨던 모양이다. 그렇게 결혼 생활을 한 지 얼마 되지 않았을 때였다.

결혼한 다음 해 여름 어느 날 오후 갑자기 아내가 배가 아프다고 허리를 펴지도 못하고 나뒹굴었다. 같은 마을 삼거리 점방에 있는 전화취급소로 달려갔다. 5킬로 떨어져 있는 곳에 있는 조성의 택시를 불러놓고, 아내를 등에 업고 택시가 올 수 있는 마을 앞 큰길까지 나갔다. 조성에 있는 병원으로 택시를 타고 가면서도 걱정이 태산이었다. 택시가 가는 것은 느림보 거북이었다. 병원에 도착하니 거의 저녁이 다 되어가고 있었다.

의사가 진찰을 하더니 급성맹장염이라고 하였다. 지금은 맹장염은 병으로 취급도 하지 않지만 그때만 해도 맹장염은 아주 위험한 큰 병이었다. 빨리 수술을 하지 않으면 위험하다고 하였다. 24시간 내에 수술을 해야 한다고 했다. 그런데 마취의사가 이웃 벌교읍에 사는 사람인데 퇴근을 하고 없었다. 마취의사가 없어서 수술을 할 수 없었다. 주사와 약으로 우선 통증을 치료하고 내일 일찍 수술을 하자고 하면서 입원만 시켰다.

그 날 저녁 아파서 죽겠다던 아내가 집으로 가자고 하였다. 자꾸만 집으로 가자고 하였다. 이제 아프지도 않다고 했다. 왜 그러냐고 했더니 키가 작고 얼굴이 곱게 생긴 머리가 하얀 할머니가 빨리 집으로 가자고 하면서 서서 지키고 있다고 하였다. 병원에서는 히스테리성 같다고 하면서 약만 주고 퇴원을 시켜주었다. 새벽녘에 집으로 돌아왔다. 급성맹장이라고 하던 병이 아무 일 없었다는 듯이 나아버렸다.

그 병원은 소문에 의하면 그 뒤에 의료사고가 몇 번 나고 병원 문을 닫았다고 했다.

할머니 말씀에 의하면, 병원에서 아내가 무의식 상태로 본 할머니의 모습이 꼭 증조할머니와 닮았다고 하였다. 그렇다면 그 때 보살펴주신 분은 증조할머니란 말인가. 그 때 증조할머니가 보살펴주시지 않으셨다면 의료사고라도 당할 수 있을 수 있었단 말인가. 그런데 증상·진찰 등을 생각해보면 급성맹장의 증상과 꼭 같은데 어떻게 아무렇지도 않게 나을 수 있었을까. 참으로 이상한 일이다. 말로 설명이 안 되는 일이다.

두 번째 이야기.

1998년은 음력 5월에 윤달이 든 해다. 증조할머니 묘에 풀이 죽고 흙이 많이 허물어지고 하여 사토를 하여야 하겠다고 숙부님에게서 연락이 왔다. 마침 윤달이라 날을 잡았다는 연락이다.

동네분들이 많이 오셔서 도와주셨다. 그 분들이 지게로 흙과 떼를 져 날랐다. 젊은 분들이 거의 없는 시골, 거의가 나보다 나이가 많으신 분들이었다. 그 분들이 지게에 흙과 떼를 져 나르는 것을 보고만 있을 수가 없었다. 나는 자손인데, 우리집 일을 하는데 쉴 수가 없었다. 묘일이 다 끝날 때까지 교대도 없이 지게를 지고 흙과 떼 짐을 졌다. 옛날에 많이 져 보았던 지게일이라 그런대로 할 만 했다. 일을 무사히 다 마치고 기분 좋은 마음으로 집에 왔다.

3일 후 아침, 가게 나가는 길에 그만 주저앉고 말았다. 어찌나 다리가 아프던지 걸을 수가 없었다. 허벅다리 살이 튀어나가는 것처럼 아팠다. 겨우 한 걸음 떼고 한 걸음 쉬고 하면서 약 오백 미터 정도 되는 거리를 반 시간 정도 걸려 병원으로 갔다. 병원에서는 근육통이라고 하였다. 한 달을 물리치료와 침 치료, 약물 치료를 받고 좋아지기는 하였으나 그 뒤로도 아픈 상태는 상당히 오랜 기간을 지속되었다.

8월 초 아이들이 피서를 가자고 하였다. 그 때까지 다리가 다 좋아지지 않은 나는 못 가겠다고 하고 아내와 아이들만 놀다오라고 하였다.
뒷날까지 놀다 온다고 갔던 아내와 아이들이 그날 저녁에 다 돌아왔다. 내가 아파 있는데 밤에 나 혼자 있게 하기가 미안하다면서, 아내가 큰아들에게 집에 데려다 달라고 하였단다. 거기가 송추계곡이었는데, 아들이 제 어

161

머니를 모시고 오면서 다시 올 수 없으니 어머니 모셔다 드리고 제 집으로 간다고 하였단다. 저녁에 있기로 한 두 딸 내외와 아이들까지 우리만 있어서 무슨 재미냐고 하면서 모두 돌아오고 말았다고 다 돌아왔다.

그날 저녁 갑자기 폭우가 쏟아지고 송추계곡에 큰 물난리가 났다. 많은 인명피해와 함께 큰물 피해가 났다고 뒷날 뉴스보도가 나왔다. 우리 아이들이 뉴스를 보더니 아이들이 자리잡고 있던 자리가 바로 인명피해로 많은 사람이 떠내려가 죽은 자리라고 하였다. 어제 저녁에 돌아오지 않았으면 다 죽을 뻔 했다고 하였다. 그러면서 아버지가 아프지 않으셨으면 우리 가족 전부 죽을 뻔 했다고 안도의 한숨을 쉬었다. 그날이 1998년 8월 6일.

증조할머니의 산소 일을 하지 않았더라면 우리 가족이 다 죽었을 것인데 하는 생각이 떠올랐다. 이와 함께 이번에도 증조할머니가 돌보아 주셨구나 하는 생각이 함께 떠올랐다.

그 때 기사를 여기 함께 덧붙인다.

여명 매몰추정 송추계곡 발굴현장

(양주=연합) 朴斗鎬. 安廷原기자

사람이 얼마나 더 파묻혀 있는지 모른다. 6일 새벽 산사태로 8명이 숨지고 10여 명 이상이 흙 속에 파묻혀 있는 것으로 추정되는 양주군 장흥면 울대리 송추계곡 매몰 현장.

송추계곡 상류 30도 능선에 있던 5~7채의 민박집, 음식점 자리는 2백여m 높이의 뒷산에서 한꺼번에 쏟아져 내린 집채만 한 바위와 토사, 뿌리째 뽑힌 나무 등으로 뒤덮여 형체조차 간 곳이 없다.

덮여있는 토사로부터 얼마를 파들어 가야 집자리 흔적이라도 나올지 짐작도 하기 어렵다.

매몰현장 부근에는 옷가지, 책가방, 앨범 등이 무너져 내린 바위 사이로 간간이 모습을 보여 처절함을 더하고 있다.

현장에서 3㎞ 떨어진 하류 계곡 곳곳의 도로까지 덮고 있는 토사는 사고 당시의 비극적 상황을 짐작케 한다.

딸 몇○○양(18)이 매몰된 현장 음식점에서 아르바이트를 했다는 李○○씨(44. 의정부시)는 "비가 와서 일하는 음식점에서 자고 온다더니 이런 변을 당했다"며 "유품이라도 찾고 싶어 아침 일찍 나왔다"며 넋 나간 모습으로 주저앉았다.

발굴과정을 지켜보기 위해 계곡 입구에 나와 있던 주민들의 가슴에는 검은 리본이 달렸다.

계곡 입구에서 음식점을 운영하는 송추계곡 상인번영회 沈명국씨(53)는 "엊그제까지 장사를 함께 하던 주민들이 화를 당해 계곡의 주민 전체가 큰 슬픔에 잠겼다"며 "희생자들의 명복을 빌기 위해서 검은 리본을 달기로 했다"고 말했다.

沈씨는 "매몰현장에 있던 음식점, 민박집이 대여섯 채였다"며 "현재 발굴된 시체 외에 장사를 하던 주민과 손님들을 합하면 10여 명이 더 매몰돼 있을 것으로 보인다"고 조심스럽게 추정했다.

현장에 나온 양주군 산림과 공무원도 "물이 좋기로 유명한 송추계곡에서 물난리가 난 적은 없었다"며 안타까워 했다.

이날 현장에는 인근 부대 장병 1백20명이 발굴 작업을 지원하기 위해 오전 9시에 도착했고 10시께는 발굴 본대인 의정부소방서 대원 60명이 장비를 갖고 도착해 발굴 작업에 들어갔다.

발굴 작업에는 성남소방서 119구급대도 합류했으며 오후에는 경기도소방본부 헬기가 절단기, 유압스프레터 등 장비를 공수하기로 했다.

(끝)

연합뉴스 실시간 주요뉴스

5

조개는 껍질에 일기를 쓰고

우리는 그 일기를 남겨둔다

쌀 1년 장기보관법

쌀을 1년 정도 장기 보관하는 방법을 소개합니다.

가을이면 농촌에 계시는 지인이나 부모형제님들로부터 쌀을 선물 받는 분들이 많을 것입니다.

이렇게 귀중하게 받은 쌀이 양이 많아 먹다 보면 여름까지 가게 되고, 쌀 보관을 잘못하면 변질이 되거나 벌레가 나와서 버리게 될 수도 있습니다.

농사짓는 분들의 노고를 생각하고, 세상 어느 곳인가에서는 굶주림에 허덕이고 있을 분들을 생각하여 본다면 쌀 한 톨도 허투루 하면 안 될 것입니다.

제 경험을 바탕 삼아 쌀을 1년 정도 장기 보관하면서 먹을 수 있는 방법을 올려놓습니다. 참고하셔서 귀중한 쌀을 한 톨도 버리는 일이 없었으면 합니다.

1. 건조가 잘 된 벼로 도정을 해야 합니다.
2. 쌀이 생기면 자루에 담긴 그대로 음력설 안(즉 12월이나 1월까지) 그늘지고 건조한 곳에 놓아두면 쌀에 있는 습기가 빠져나갑니다. 그렇다고 볕에 두면 안 됩니다. 실제로 근량을 달아보면 1가마당 1~2kg은 줄어듭니다. 그러다 봄이 되면 다시 원상 복귀됩니다.
3. 이렇게 완전히 건조하여서 김장비닐 정도로 두꺼운 비닐봉지에 담고 잘 묶어서 다시 자루에 담아 서늘한 곳에 보관하면 1년 정도는 변질되지 않고 벌레도 나오지 않습니다. 밥맛도 많이 떨어지지 않습니다. 못자리할 때 쓰는 비닐도 좋습니다만 김장비닐이 제일 좋습니다. 미리 자루를 하나 구하여서 그 속에 비닐을 넣고 쌀을 담아 묶으면 손쉽게 할 수 있습니다.

　주의할 사항은 쌀이 습기를 머금고 있을 때 하면 바로 변질이 됩니다. 가을 철 도정하여 바로 온 쌀은 조금 놓아두었다 습기가 빠져나간 뒤에 하는 것이 좋습니다.
　봄이나 여름에 도정한 쌀은 안 됩니다. 벼 자체가 습기를 함유하고 있어서 변질이 더 빨리 됩니다.
　비닐은 반드시 새 비닐을 사용해야 합니다. 구멍 난 비닐이나 한 번 사용한 헌 비닐은 안 됩니다. 얇은 비닐도 안 됩니다.

이렇게 비닐에 담았다고 하여도 볕이 잘 드는 곳에 놓아두면 절미가 되고 변질됩니다. 반드시 그늘지고 서늘한 곳에 두어야 합니다.

찹쌀이나 다른 잡곡도 이렇게 보관하면 오래 둘 수 있습니다.

마른 나물 종류도 이렇게 보관하면 오래 둘 수 있는데 나물 종류는 반드시 좋은 볕에 잘 말려서 오후 3시경 건조 상태가 최상일 때 비닐에 담아 잘 묶어두어야 합니다.

조금이라도 도움이 되어드렸으면 하는 마음으로 올립니다. 참고하십시오.

나물은 데치기에 따라 맛이 좌우된다

고기반찬을 좋아한다. 나물반찬은 더 좋아한다, 나는.

미나리, 무 숙채, 쑥갓, 참나물, 취나물, 부추, 들깻잎, 풋호박 나물, 콩나물, 도라지, 고사리, 등등 나물 종류는 거의 다 좋아한다.

나는 나물을 좋아해서 먹기는 잘 먹지만 요리는 할 줄 모른다.

집사람이 만들어주는 것만 먹었지 내가 직접 만들어본 일은 없다.

만들 줄은 모르면서 먹는 입맛만 까다로워서 가끔 까탈을 부리기도 한다. 속으로 미안 해 하면서도.

마치 자기는 평생에 좋은 글 한 편 쓰지 못했으면서도 남의 글을 요리조리 물어뜯는 평론가처럼.

얼마 전 호박 나물이 상에 올라왔는데 덜 데쳐져서 설컹거리고 호박 냄새가 나고 맛이 없었다.

나의 젓가락질이 뜸한 걸 보고 아내가 맛이 없냐고 한다. 아니 괜찮아하고 말은 했지만 역시 젓가락은 잘 가지 않았다.

먹어본 입맛으로 전문가가 된 내가 생각하기로는 나물은 우선적으로 데치는 무르기에 따라서 맛이 좌우된다는 것을 느낀다.

미나리 대는 설컹거림이 없을 정도만 데쳐야 맛과 풍미가 있다. 미나리 잎은 조금 더 무르게 데쳐야 하지만 너무 무르면 맛이 없어진다. 무 숙채 역시 너무 무르면 죽이 되고 설데치면 식감이 떨어진다. 쑥갓은 살짝 데쳐서 숨이 죽을 정도가 내 입맛에는 딱 맞다. 참나물과 취나물은 쑥갓보다는 좀 더 무르게 데치는 것이 향이 있고 질기지 않다. 호박나물에 이빨 자랑한다는 말이 있듯이 풋호박 나물은 설면 맛이 없다. 풋호박 비린내가 난다. 풋호박 나물은 죽이 될 정도만 아니면 무르게 데쳐야 맛이 있다. 콩나물은 설면 비린내가 나고 무르면 아삭 거림이 없어서 식감이 떨어진다. 숙주나물은 콩나물과 비슷해도 어느 정도 무른 것이 좋다.

고사리, 토란대, 머위대 등은 적당히 삶아서 물에 담가서 독성을 빼야 한다.

어떤 것은 삶아야 한다. 어떤 것은 데쳐야 한다.

데침의 숙련도에 따라서 우선 맛의 결정이 난다. 다음이 간이다. 간이 맞아야 무슨 음식이든지 맛있다. 다음이 무치는 양념의 솜씨에 따라서 맛이 달라진다고 생각한다.

이 같은 것들은 순전히 내 주관적인 입맛이다. 사람에 따라서 먹는 맛과 느낌이 다를 것이다.

글을 쓰는 것 또한 나물을 데치고 간을 맞게 하고 양념을 넣어 무치는 것과 같으리라 생각을 한다.

어떤 글감은 조금 설익은 듯하여야 감칠맛이 있고 씹는 맛이 난다. 어떤 글감은 잘 데쳐져야 맛이 있다. 어떤 글감은 양념을 많이 쳐야 맛이 좋아진다. 어떤 글감은 양념이 적게 들어가야 담백하고 재료 천연의 맛이 입안에서 향기로운 맛을 낸다.

어떤 글감은 몇 번 살짝 주물러도 맛이 있고 어떤 글감은 조물조물 여러 번을 주물러대도 영 맛이 안 나는 수도 있다.

독자나 심사위원, 평론가가 글을 씹어 먹을 때 조리사의 입맛과 맛이 같아야 좋은 글로 대접을 받을 수도 도 있을 것이다.

어떤 집의 음식은 누구나 맛이 있다고 하고, 어떤 집의 음식은 입에 맞는 사람은 맛이 있다고 하고 입에 맞지 않는 사람은 맛이 별로라고 하는 것과 같다.

모든 사람의 입맛에 맞는 음식을 잘 만드는 사람처럼, 누구나 맛있게 읽을 글을 쓰고 싶겠지만 그게 마음대로 되는 일은 아니다.

평생 노력해도 안 되는 사람이 있다. 어느 정도의 숙련만 거쳐도 잘 되는 사람이 있다.

모든 사람의 입맛에 맞는 음식을 만드는 사람은 음식계의 장금이가 되고 모든 사람의 입맛에 맞는 글을 쓰는 사람은 대 작가의 대접을 받는다.

나물은 일 년 내내 먹는 음식이다. 제철음식으로 때로는 말려서 저장을 해놓고 먹는 음식이 바로 나물이다. 비록 책을 안 보고 신문 등을 보더라도 나물처럼 항상 먹는 것이 또한 글이다.

앞에서 말했듯이 요리는 할 줄 모른다. 먹기만 해서 입맛만 까다롭다. 글 역시 많이 써보지도 않았다. 가방끈도 짧다. 감각도 둔하다. 잘 쓰지 못한다. 다만 남의 글을 읽으면서 맛이 좋고 맛이 덜함은 어느 정도 느낀다.

맛있는 나물을 먹으면 먹는 즐거움이 있듯이 맛있는 글을 읽으면 읽는 즐거움이 있다.

나는 나물반찬을 좋아하고 책 읽는 것을 좋아한다.

좋아는 하지만 만들 줄은 모른다. 글도 가끔 쓰기는 하지만 잘 쓸 줄 모른다.

매일매일 끼니마다 반찬을 만들며 아내는 내가 맛있게 먹어주는 것이 제일 좋다고 한다. 나 역시 가끔 글을 쓰면서 누가 이 글을 재미있게 읽어주었으면 공감을 가졌으면 얼마나 좋을까 하는 생각을 한다. 내 입맛에 맞게 간이 맞고 감칠맛이 나고 향기로운 나물을 먹으면, 어떻게 써야 이 나물처럼 맛있는 글 한 줄을 써서 누구에게 보여줄 수 있을까 하는 생각을 할 때도 있다.

나 자신을 들여다보면 남들이 공감하는 글 한 줄 아직까지 못쓴 무명이 한심스럽기만 하다.

꼬막이 젤로 맛있당께

꼬막은 껍데기에 일기를 쓴다.
사람들은 일기를 감춘다.

꼬막은 전남 남해안에서 주로 생산되는 조개다. 부드럽고 질이 좋은 뻘(펄)을 품고 있는 바다에서 자란다.

꼬막은 갯벌이 부드럽고 깊은 곳에서 자라기 때문에 다리가 허벅지까지 빠지는 곳이나 허리까지 빠지는 곳에서 잡는다. 무척 힘이 들어야 잡는다.

힘들고 불편하기 때문에 널배라고 하는 나무 널빤지를 타고 다니면서 잡는다. 앞부분이 들리게 한쪽 무릎을 널배 뒤쪽에 얹고 위에 꼬막을 담을 그릇을 싣는다. 한쪽 발로 뻘을 차면서 나간다. 뻘에 빠지지 않고 빨리 이동을 할 수 있는 뻘 위에서 타는 배다. 널배를 타고 다니면서 꼬막을 손으로 훔쳐서 잡는다. 지금은 갈퀴 같이 생긴 도구로 거의 잡는다. 널배를 타는 것도 기술이 있어야 한다. 아무나 탈 수 있는 것이 아니다.

꼬막은 껍질이 딱딱하다. 무척 견고하다. 검은색에 흰색이 조화를 이룬다. 어찌 보면 기와집 같다. 골이 기와집 모양을 하고 있다. 새조개는 초가집 같다고 한다면 비교가 될 것이다.

생꼬막을 까면 피가 나오는데 사람의 피와 비슷한 성분을 가졌다고 한다. 그래서 꼬막이 사람에게 좋다. 새꼬막과 되꼬막은 생으로 많이 먹는다. 그 피가 사람 피와 비슷하다고 해서 생으로 먹을 때 피까지 다 먹는다. 초고추장이나 다른 양념 없이 생꼬막만 먹어도 간이 알맞아서 거부감 없이 먹을 수 있다. 생으로도 먹기 좋은 조개다.

꼬막은 표준어다. 옛날에는 고막이 표준어고 꼬막은 사투리였다. 지역에서는 다 꼬막이라고 하는데 어째서 고막이 표준어가 되어 있고 꼬막은 사투리가 되었는지는 잘 모르지만, 아마도 억양 탓으로 그리 되지 않았나 하는 생각을 해 본다. 조정래의 태백산맥에 고막이라고 쓰지 않고 짭조롬 하고 쫄깃한 꼬막이라고 썼는데 그것은 지역 말을 쓰기 위해서였을 것이다. 그로부터 벌교 꼬막이라는 말이 유명해지고 얼마 전에 꼬막도 복수 표준어가 되었다. 문학의 힘이다.

꼬막은 일 년 내내 먹는, 맛이 좋은 조개다. 그래도 꼭 맛있는 계절을 따진다면 겨울과 지금이다. 정월은 꼬막맛이 제일 좋은 계절이다. 조개 종류는 봄에 맛이 좋다. 봄철에 산란을 하기 때문에 이른 봄에 맛이 좋은 것이다. 음력 오월 꼬막은 미끄러워서 못 먹는다고 한다. 오월에는 알을 배는 시기라서 그런 것이 아닌지 하는 생각이 든다. 알을 배는 시기에는 잡아먹지 말라는 선조들의 가르침이 은연중 숨어있는 것이라는 생각을 해 본다.

전남 지방에서는 제사상에 꼬막을 꼭 올린다. 껍질이 벌어지지 않고 꼬막 모양이 그대로 있게 삶아진 것을 통 꼬막이라고 하는데 제사상에는 통 꼬막을 놓는다. 제사상에 꼬막이 빠지면 안 된다. 아울러 잔치집에도 꼬막은 빠지지 않는 음식이다.

제사상에 놓을 꼬막을 삶을 때 꼬막이 입(껍질)이 벌어지면 그 며느리는 쫓겨난다는 말이 있다. 꼬막은 입이 벌어지지 않게 삶아야 한다. 그렇다고 덜 삶아져서도 안 된다. 입이 벌어지지 않고 까 보아서 핏기가 없어질 정도로 익으면 제일 잘 삶아진 것이다. 이렇게 삶아진 꼬막이 맛이 제일 좋다. 한 마디로 말하면 데친다고 하면 맞는 표현이 될 것이다.

꼬막을 삶아서 까먹으면 약간 미끈거리는 듯, 연하면서 간간하고 부드럽다. 쫄깃한 식감도 가지고 있다.

꼬막 같은 아가씨가 있다면 그 아가씨는 좋은 신부감 1호가 되리라. 단단하면서도 맛이 일품인 것이 딱 그렇다. 단맛이 없는 듯 있으며 간간하여 간을 하지 않아도 누구의 입맛이든 간이 맞는 것이 딱 그렇다.

신부감이 아니라도 성격이 꼬막 같다면 어디를 가나 대접받는 사람이 될 것이다. 이런 사람이 정치인이 되면 얼마나 좋을까 하는 생각도 해 본다. 꼬막을 삶을 때 껍질이 벌어지면 입이 벌어졌다고 한다. 꼬막이고 사람이고 하품이나 하고 있다면 대접을 못 받을 행동인가 본다. 입이 벌어지게 삶으면 부드러운 맛이 덜하고 식감이 질기면서 굳은 감이 있다. 입이 벌어지지 않은 것은 간이 딱 맞는데 비해서 입이 벌어지게 삶으면 물이 들어가서 간이 맞지 않아 맛이 없다.

꼬막은 네 종류가 있다. 참꼬막과 새꼬막, 피꼬막, 되꼬막이 있다. 참꼬막과 새꼬막의 크기는 바지락보다는 조금 큰 편이다. 옛날에 먹었던 왕눈깔 사탕 정도의 크기다. 조금 더 작은 것도 있고 조금 더 큰 것도 있지만 눈깔사탕 정도라고 하면 좋을 것 같다.

참꼬막은 주로 제사상에 올라가는 조개다. 잔칫상에도

많이 쓰는 조개다. 껍질 색이 진하고 골이 약간 깊어서 또렷한 느낌이 든다. 털이 적은 편이다. 새꼬막에 비해서 값이 비싸다.

새꼬막은 참꼬막에 비해서 털이 많고 골이 얕으며 색이 갈색에 가깝다. 참꼬막보다는 연한 느낌이 든다. 참꼬막은 손톱으로 까먹기가 쉽지만 새꼬막은 입이 얇고 잘 맞게 되어 있어서 요령이 없으면 손톱으로 까먹기가 어렵다.

참꼬막이나 새꼬막보다는 훨씬 큰 어린아이들 주먹만 한 꼬막이 있는데 흔히 피조개라고 하는 피꼬막이다. 일종의 새꼬막 종류다. 꼬막 중에서 제일 큰 꼬막이 농사꼬막,이라고도 하고 되꼬막이라고도 하는 어른 주먹만 한 꼬막이 있다. 되만큼 크다고 해서 되꼬막이라고 하고 그 큰 꼬막을 잡으면 농사 운이 좋아 그해 농사가 잘 된다고 해서 농사꼬막이라고도 한다. 피조개는 새꼬막과 비슷하고 되꼬막은 참꼬막과 비슷하지만 크기가 다르다.

참꼬막과 농사꼬막은 양식이 안 된다. 반면 피조개라고 하는 피꼬막과 새꼬막은 주로 양식을 한다. 때문에 생산량에 차이가 있어서 값도 차이가 있다.

이삼십 년 전 보성 득량만을 중심으로 득량과 장흥 등지에서 피조개 양식을 많이 하였다. 일본으로 수출할 때는 돈을 너무나 많이 벌어서 개도 수표만 물고 다닌다고 할 때가 있었다. 돈벌이가 좋다고 소문이 나면서 너도나도 양식을 하는 바람에 생산량은 많아지고 약삭빠른 일본 사람들은 이때가 기회라고 생각하고 수입을 적게 해가서 꼬막 값이 폭락한 때가 있었다. 막차를 탄 사람들 중 이때 망한 사람이 많았다. 무엇이든지 돈 벌었다는 소문이 나면 너도나도 앞뒤 가리지 않고 뛰어드는 바람에 망한 사람들이 많이 생긴다. 그 때가 그랬다.

꼬막을 제대로 즐기려면 깨끗이 씻는 것이 아니고 위에 뻘만 서너 번 씻어내면 된다. 껍데기가 하얗게 되도록 씻으면 맛이 오히려 떨어진다. 삶을 때 까 보아서 피가 막 가시면 그때가 제일 맛있게 삶아진 것이다. 입이 벌어지게 삶으면 그건 빵점이다.

삶아서 그냥 까먹는 것이 제일 맛이 좋다. 한쪽 껍질이 붙게 까서 양념장에 무쳐먹는 것이 벌교나 고흥에서 반찬으로 제일 많이 해 먹는 방법이기도 하다.

깐 꼬막은 씻으면 맛이 없다. 깐 꼬막은 씻지 않고 그대로 먹어야 맛이 있고 양념장에 무치더라도 씻지 않아야 한다.

꼬막을 살 때는 입이 빨리 오므라지는 것을 사야 한다. 입이 벌어져 있고 건드렸을 때 오므라지지 않으면 그것은 오래된 것이다. 맛이 없음은 물론이다. 설에는 꼬막을 설 며칠 앞에 사야 하기 때문에 사다가 자루에 담아서 부엌문 앞에다 놓아둔다. 사람이 다니면서 자꾸 밟아 움직여 주어야 오래 살기 때문이다. 그렇지 않고 입이 벌어진 채로 놓아두면 오래 살지 못한다. 꼬막을 며칠이라도 생생하게 보관하려면 자꾸 건드려서 입이 벌어지고 오므라지는 반복 운동을 시켜주어야 한다. 사람이나 꼬막이나 건강에는 운동이 제일 좋은가 보다.

벌교 꼬막보다는 고흥 꼬막이 덜 짜고 맛이 더 좋다. 내 고향이 고흥이라서 그런지는 모르지만, 순천만 갯벌인 벌교 꼬막보다는 득량만에 있는 고흥이나 보성의 꼬막이 더 맛이 좋다.

꼬막만 그런 것은 아니다. 멸치도 그렇다. 서해안에서 나는 멸치는 색이 연하고 싱겁다. 동해안에서 나는 멸치는 색이 진하고 짠맛이 강하다. 여수서 나는 멸치는 서해안과 동해안의 중간쯤 되어서 간이 알맞게 입맛에 맞아 맛이 좋은 것이다. 다른 생선도 거의가 비슷하다. 동해안은 물이 깊고 염도의 농도가 짙다. 서해안은 동해안에 비해 물이 얕다. 중국과 한반도의 육지 물이 많이 흘러들어 염도가 낮다. 생선이나 조개가 그런 물의 특성과 같다고 보아야 한다. 사람도 배경에 물들지 않는가.

벌교 꼬막은 조정래의 소설 태백산맥 때문에 유명해져

서 홍보가 잘 되었다. 때문에 꼬막하면 사람들이 벌교 꼬막만을 생각한다.

꼬막을 자세히 보면 검고 좀 길게 생긴 것이 벌교 꼬막이다. 비교적 둥글고 색이 연한 것이 득량만에서 나는 고흥 꼬막이다. 벌교 꼬막은 고흥 꼬막에 비해서 더 짜다.

고흥 꼬막이 벌교 장으로 출하가 되기 때문에 다들 벌교 꼬막으로 통하리라 생각한다.

꼬막은 삶아 먹는 것이 아니고 데쳐 먹어야 제 맛이 나는데 늦은 봄부터는 비브리오 때문에 위생상 삶아먹어야 한다. 데쳐서 그대로 먹으면 간이 맞기 때문에 다른 간은 필요 없다. 태백산맥에서 말하는 바로 짭조름한 맛이 누구의 입맛에나 다 맞는 바로 그 맛이다.

솥에다 꼬막이 잠길 정도로 물을 붓는다. 솥뚜껑을 덮고 삶는다. 김이 막 오를 때 불을 끄면 그때가 제일 좋게 삶아진다. 아니면 주걱으로 저어가며 삶으면서 까 보아 적당히 삶아진 것을 알고 불을 끄면 그때가 제일 좋게 삶아진 것인데, 그걸 잘 맞추기가 초보는 어려운 것이다. 그러나 몇 번 해 보면 알 수 있다. 꼬막을 삶을 때 주걱으로 저어가면서 삶아야 골고루 삶아지는데 한쪽으로만 저어주어야 한다.

삶은 꼬막을 두 손가락의 검지로 고정을 시키고 양쪽

엄지손톱을 이용해서 꼬막을 까는데 까 보지 않은 사람은 까기가 쉽지는 않다. 참꼬막은 그런대로 더 쉽지만 새꼬막은 까기가 더 어렵다. 물론 자주 까 먹은 사람들은 새꼬막도 엄지손톱으로 잘 까지만 초보는 많이 어려워서 깔 수가 없을 것이다.

그때는 꼬막의 부채 손잡이같이 생긴 밑부분의 들어간 부분에다 수저 넓은 부분을 넣고 살짝 비틀어 주면 잘 까진다.

이렇게 까서 먹는 것이 보편적으로 먹는 방법이다. 술 안주나 그냥 까먹거나 밥반찬으로도 할 때 이렇게 한다.

지금은 벌교에 가면 새로 개발한 메뉴들이 많아서 가지각색의 꼬막 요리를 맛볼 수 있다.

시장에 가면 어쩌다 오래된 꼬막을, 잡아온 지 얼마 안 된 꼬막에다 섞어서 파는 수도 있다. 이런 걸 사 오면 전체의 맛이 다 떨어진다. 삶아 놓으면 고린내가 난다던지 껍데기에 살이 붙어있거나 살이 아주 작게 붙어있는 것 등이 오래된 꼬막이다. 그러나 구분하는 방법은 없다. 다만 입 벌리고 있다가 사람 손이 가면 바로 입을 다무는 것이 싱싱하다는 것으로 볼 수 밖에는, 꼬막을 살 때는 손가락으로 건드려 보고 사면 좋은 꼬막을 고를 수 있다.

시장에서 새꼬막을 1kg에 5천 원 정도 주면 살 수 있다. 참꼬막은 그 배 이상 주어야 한다. 영양도 좋고 맛도 좋은 꼬막을 사다가 반찬을 하기에 지금이 딱 좋은 계절이다. 어제저녁에 먹은 꼬막이 지금도 혀와 함께 어울려 노는 듯. 입안이 유치원이다. 꼬막을 너무 좋아해서 욕심 부려 글을 쓰다 보니 완전 꼬막 밭이 되어 산만하다. 산만함 또한 사람살이인 것을.

김지국

　나는 음식을 한 가지도 할 줄 모른다.

　겨우 라면이나 끓일 정도다. 라면도 꼬들꼬들한 것은 안 좋고, 조금 퍼진 것이 좋기 때문에 냄비에 물 붓고, 라면 넣고 삶아서 조금 두었다 먹는다.

　얼마 전에 아내의 어깨너머로 배운 음식이 세 가지가 있다.

　아마 이 음식 세 가지는 세상에서 제일 만들기가 쉬운 음식일 것도 같다는 생각이 든다.

　그중 한 가지가 김지국이다.

　내가 살던 시골에서는 김지국이라고 한 음식인데, 여기 말로 하면 김냉국이다.

　만드는 법은 앞서도 말했듯이 아주 쉽고 간단하다.

재료는 재래김이나 파래김 3장, 소금 약간, 볶은 통깨 조금, 만드는 법은 아래와 같다.

김을 한 장이나 두 장을 잡고 가스불 위로 한 두어 번 슬쩍 스치면 구워진다.

구워진 김을 살짝 부셔서 그릇에 담고 냉장고의 시원한 물을 붓는다.

가는 소금을 조금 넣어서 간을 맞추고 볶은 통깨를 조금 넣어서 수저로 저어주면 완성.

겨울이나 여름이나 계절 상관없이 먹을 수 있다.

반찬 없을 때 쉽게 해서 떠먹거나 밥을 말아먹을 수 있는 국이며 반찬이다.

만들기 간단하고 쉽고 맛이 좋은 음식으로는 이보다 더 좋은 음식이 없을 성 싶다.

식은 밥과 찬밥

"식은 밥 밖에 없는데 어쩔까잉."
"식은 밥이라도 있으믄 한 술만 주씨요."
"식은 밥이라도 고맙당께요."
"식은 밥에 물 말아 묵고 왔당께."
"식은 밥에 물 말아서 풋고추 뚝 분질러 된장에 찍어 묵어도 시장이 반찬이라고 배 고풀 땐 그보다 더 맛있는 건 없당께."

시골 살 때 흔하게 듣던 말이다.

도시로 이사 온 뒤에는 식은 밥이라는 말 대신 찬밥이라는 말을 많이 들었다.
"찬밥을 누가 먹어."
"그 사람 찬밥 신세 됐지 뭐."
하는 말들이다.

식은 밥과 찬밥은 따뜻한 밥이 아닌 밥, 찰기가 없는 밥, 등을 가리키는 말이다. 함께 어울리지 못한다는 말, 찾아주려 하지 않는다는 말, 등으로 쓰는 말이다.

식은 밥과 찬밥은 따뜻한 밥이 아니라는 면에서 같은 말이다, 하지만 엄연히 따져본다면 식은 밥과 찬밥은 다르다는 느낌이 든다.

식은 밥은 따뜻한 밥이 식어서 따뜻한 감이 없는 밥이다. 찬밥은 말 그대로 겨울철에 얼어버린 밥, 먹기가 심히 사나운 밥을 말하는 것이다.

시골서는 찬밥도 식은 밥이라고 한다. 따뜻한 밥이 아니면 다 식은 밥이라고 한다. 도시서는 식은 밥도 찬밥이라고 한다. 따뜻한 밥이 아니면 다 찬밥이라고 한다.

그 말이 그 말인 것 같다.

하지만 어감이 틀리고 들리는 말의 느낌이 다르다.

시골서 말하는 식은 밥이라는 말에서는 비록 식었지만 차지 않고, 냉정하지 않음을 느낄 수 있다.

배고픈 누군가에게 주고 싶지만, 베풀고 싶지만 따뜻한 밥이 아니어서 미안해하는 마음을 내포하고 있다. 주면서도 따뜻한 밥이 아니어서 미안해하는 마음 말이다.

물리적으로 말하면 도시의 찬밥은 시골의 식은 밥과 같

다. 하지만 정신적으로 말하면, 정서적으로 말한다면 말 그대로 차가운 냉정한 밥이다. 정이 하나도 없는, 주어도 얼음처럼 차서 먹을 수 없는, 먹어도 살로 가지 않을 그런 밥이다. 앞집 사람이 굶고 있어도 버리면 버렸지 줄 수 없는, 돌덩이같이 얼어서, 차가워서, 딱딱해서 못 먹는 밥이다.

먹고 살기 바빠서, 이웃을 돌아볼 시간이 없어서, 그렇게 변해왔겠지만 시골이라고 먹고 살기 바쁘지 않았겠는가. 시골은 쌀이나, 잡곡이라도 직접 생산을 해서 먹고 살았기 때문에 조금이라도 여유가 있었겠지만 도시는 돈을 주고 사 먹어야 하기 때문에 인심이 시골보다는 야박해졌으리라고 변명을 하여 본다. 하지만 돈 벌어 사 먹고 살았어도 도시의 삶이 시골의 삶보다 더 풍요로운 것은 사실인데, 하면 변명의 말이라 할지라도 할 말이 없어진다.

내가 식은 밥이라고 하면 아내는 날 보고 식은 밥이 뭐냐고 찬밥이라고 하라고 한다. 누가 들으면 웃는다고 말이다. 비록 내가 누구에게 밥 한 술 주지 못하고 살고 있는 형편이라 해도 나는 찬밥이라는 말보다는 식은 밥이라는 말을 쓰고 싶다.

꽃게가 제일 쌀 때는

오늘은 음력 7월 29일 6물이다.

음력 그믐날이 일곱물(7물). 보름날이 7물이다. 앞으로 한 물씩 역산해서 빼면 되고 뒤로 한 물씩 더해 가면 된다. 6물때는 12시부터 3시간, 배가 들어오는 시간이다. 그 뒤 물때부터는 1시간씩 늦춰 잡으면 된다.

6월 20일부터 8월 20일까지. 두 달간 꽃게 금어기(꽃게 산란시기, 꽃게잡이를 금한다)가 끝나고 첫 조업이 시작되는 첫 씨(물 때)다.

이 때가 되면 신문에 끼어 들어오는 마트나 백화점 광고지에 꽃게를 싸게 판다는 내용이 많이 보인다. 올해도 그랬다. ○○마트에서는 100g에 800원 ○○마트에서는 100g에 900원 등등의 광고가 있었다.

얼마 전까지만 해도 1kg에 3,4만 원 안팎이던 가격이 이렇게 싸진 것이다. 금어기 두 달 동안 잡지 않아서 어획량이 늘어난 데다 소비자들이 비싼 줄 알고 사려는 사람이 많지 않기 때문이라고 생각한다.

인천 소래포구에 가도 값은 그 값이겠지 하는 생각도 들지만 나는 백화점이나 마트보다는 재래시장이나 포구에 가는 것이 좋다. 백화점이나 마트에 가면 g당 가격이 매겨지지만 재래시장이나 포구에 가면 양이 조금 넘어도 그대로 준다. 덤으로 한두 마리 더 올려주기도 한다. 별것은 아니지만 기분이 좋다.

바람도 쏘일 겸, 아침 식사를 다른 때보다 조금 늦게 하고 10시경 인천 소래포구 가는 전철을 탔다. 11시경 포구에 도착, 바다가 보이는 쉼터에 앉아 있으니 바닷바람이 시원하다. 11시 반경부터 물 빠진 개펄 가운데에 있는 큰 도랑 같은 물길로 배가 하나둘씩 들어오기 시작한다. 그런 풍경을 바라보고 앉아있는 것도 좋다. 12시경 배가 닿는 곳에 형성되는 시장으로 갔다.

살아서 팔팔 뛰는 꽃게들을 산더미처럼 쌓아놓고 이곳저곳에서 손님을 부르고 있다. 큰 것은 kg에 만 원. 중간 크기는 7천 원. 조금 작은 것은 5천 원, 정도로 가격은 거의 비슷하다. 암게는 지금 사면 안 된다. 산란으로 인해 살이 없다. 지금은 수게를 사야 한다. 가급적 한 번 만져보고 단단한 걸로 사는 것이 게를 고르는 요령이다. 봄이나 겨울철 게보다는 무른 게가 많을 때다. 게를 만질 때는 꽁지 쪽을 만져야 한다. 찜용은 큰 것이 좋겠지만 게장용은 작은 것도 괜찮다는 집사람의 말. 작은 것으로 3kg를 샀다.

스티로폼 박스를 1500원에 사면 거기다 게를 넣고 얼음을 채워준다. 내가 사는 곳은 가까운 거리이므로 얼음 넣지 말고 비닐봉지에 담아달라고 했더니 비닐봉지에 두 번 담아서 주었다. 게만 사가지고 왔으면 괜찮았을 것인데 매운탕거리 생선을 조금 산 것이 화근이었다. 생선에 얼음을 조금 넣어준 걸 게와 함께 들고 오다 게 발에 찔려 물이 흘렀다. 많이 흐른 것은 아니었지만 차에 오면서 어찌나 민망하고 미안하였던지. 작은 실수가 오늘 하루 마음을 불편하게 한다.

집에 와서 게를 손질하여 게장을 담았다. 여름에는 비브리오균이 있을 수 있다고 작년에 보도가 되었다. 전라도식 게장을 담으면 거의 멸균된다고 하였다. 수도권에서는 간장게장과 양념무침으로 하는데 전라도 게장은 둘을 합해놓은 게장이라고 생각하면 맞다. 전라도 게장은 간장을 끓여 넣기를 세 번 정도 한다. 집사람에게 얘기했더니 양념을 해버리면 끓일 수 없단다. 간장을 끓여서 식힌 후

붓기를 두 번 정도 하고 제일 마지막인 세 번째에 양념을 한다면 아마도 안전한 게장을 담을 수 있으리라는 생각이 든다.

내가 게를 손질하는 동안에 집사람이 진간장을 끓이고 소금, 생강, 마늘, 고춧가루로 양념장을 만들었다. 장을 끓이다 퍼놓고 양념을 섞어서 식힌 뒤 게에다 부어놓으면 된다.

담은 게장을 냉동실에 넣어두고 조금씩 꺼내 먹으면 몇 개월을 두어도 맛은 처음과 같다. 오면서 차에 물을 조금 흘리는 실수만 없었더라면 오늘 하루는 명품의 하루가 되었을 것인데 하는 아쉬운 생각을 하며 생선매운탕에 저녁식사를 하였다. 저녁 식사는 명품이다.

가을 전어

가을이다.

전어 굽는 냄새에 집 나간 며느리도 다시 되돌아온다는 전어 철이 바로 지금이다.

옛날 시골 살 때 2km 정도 가면 장선포라는 바다가 있었다. 공기 좋고 물 좋은 청정바다 득량만의 안쪽 포구다. 가을이 되면 만선의 깃발을 꽂은 전어 배가 장선포로 들어온다. 소 구루마나 경운기, 1톤 트럭에 막 잡아온 전어를 가득 실고 팔기 위해 마을마다 다니면서 전어 사라고 외쳐댄다. 삽으로 말에다 퍼 담아서 1말에 얼마, 하고 팔았다. 그때만 해도 한 말에 이삼천 원 정도의 값을 주면 한 말을 주고 삽으로 한두 삽은 덤으로 더 주곤 하였다. 지금의 돈으로 따지면 이삼만 원 정도나 될까 하고 짐작을 해 본다. 구경하고 있는 사람도 구워 먹으라고 한 바가지씩 주곤 하였다.

　전어를 사 오면 굵은 것은 골라서 구워 먹고 작은 것
은 회를 쳐 먹거나 젓갈을 담근다.
　굽는 방식은 전어 배를 따서 창자를 꺼내지 않는다. 비
늘만 칼로 긁어내고 씻는다. 칼로 드문드문 송치고 굵은
소금만 뿌려서 구우면 된다. 뼈와 창자를 다 함께 먹기
때문에 조금 파삭하게 구워야 한다. 가을 전어머리는 깨
가 서 말이라고 한다. 머리를 씹어 먹는 맛 또한 일품이
기에 머리 쪽은 조금 더 바삭하게 굽는다.
　회를 쳐 먹는 것은 내장을 빼내고 잘 씻은 후 머리나
꼬리 쪽을 잡고 엇비슷하게 썰어서 초장에 무쳐 먹는다.
굵게 썰어서 먹는 사람도 있지만 비린 생선을 좋아하지
않는 우리 가족은 얇고 가늘게 썰어서 초장에 무쳐야 좋
아한다. 무를 썰어 넣어 함께 회 무침을 해 먹어도 좋다.

　비린 생선을 좋아하는 분들은 전어 온마리를 된장에 찍
어서 우둑우둑 씹어 먹으며 맛있다고 하였으나 나는 딱
한 번 먹어보고 그 뒤로는 먹지 않았다. 아니 정확하게
말한다면 먹지 못했다고 해야 맞을 것 같다. 회를 쳐서
먹는데도 고춧가루를 많이 넣어 맵게 하고 식초를 많이
넣어 신맛이 강하게 하여서 먹는다.

전어젓갈은, 전어를 두어 번 물로 씻고 전어 한 말에 굵은 소금 서 되 정도를 넣어서 항아리에 담아 그늘진 뒤란에 놓아두면 된다. 전어젓갈을 담글 때는 풋고추를 따서 함께 섞어 담근다.

우리 가족들은 비린 생선을 좋아하지 않는 편이어서 전 어젓갈을 담기는 하여도 먹지는 않는다. 함께 담근 풋고 추만 양념을 해서 겨울철 반찬이나 봄철 반찬을 한다. 전 어젓갈은 손님이 오시면 손님상에 놓거나 다른 분들에게 드린다.

전어 속젓이라고 하는 젓갈이 있다. 전어 속젓은 전어 내장으로 담근 젓갈이다. 젓갈 중에서 으뜸으로 친다. 고 흥출신 ○○국회의원이 ○○대통령에게 전어 속젓을 진상 하고 건설부 장관을 해 먹었다는 젓갈이다. 물론 그만큼 맛이 있다는 말이겠지만, 하지만 나는, 아니 우리 가족은 먹지 않는다.

전어는 찌개를 만들거나 볶아서 먹으면 별로 맛이 없 다. 하나의 결점이라고 할 수 있겠다. 이 세상 결점이 하 나도 없는 것이 뭐가 있겠는가. 그런 결점 하나 정도는 애교로 보아줄 일이다.

잘은 모르지만 전어는 1년살이 어종인 듯 싶다. 가을철 전어는 크기가 작아서 젓갈용이나 횟감용으로 좋다. 봄철 전어는 크기가 커서 구이용으로 좋다.

내가 살았던 전라도에서는 작은 전어를 되미라고 한다. 큰 것은 전어라고 한다. 전어 작은 것을 되미라고 하는데 전어와 되미는 다른 고기라고 하는 사람도 있어서 가끔 자기주장을 내세워 우기거나 내기를 하기도 한다.

올해는 전어가 비싸다고 한다. 해마다 가을이면 몇 번씩 사다 먹었는데, 비싸면 사다 먹기가 쉽지 않다.

올해는 추억만 먹어야 하는가.

끓인 밥

밥이 제대로 안 됐다. 설익었다.

내가 제일 싫어하는 밥이 설익은 밥이다. 다음이 무른 밥이다. 무른 밥은 여느 밥보다 뜨겁기조차 더 뜨겁다.

내가 제일 좋아하는 밥은 술 고두밥처럼 된 밥이다. 된 밥은 입에 넣고 씹으면 씹을수록 단맛이 입안에 감돈다. 시골에서 요즈음 막 올라온 햅쌀로 공실공실하게 밥 지어 입에 넣고 씹는 맛, 그 맛을 참아 어떻게 표현하랴. 막 담은 배추김치 한 가닥을 함께 곁들이면 그 맛이란, 신선이 알면 뺏어먹으러 달려들 것이다.

햅쌀은 물을 적게 잡아야 무른 밥이 안 된다. 묵은쌀보다 물을 덜 타기 때문이다.

내가 밥을 처음 지어본 것은 스물대여섯 살쯤 되었을 때다. 일 때문에 객지에 나가서 아는 사람 몇 명과 자취를 할 때다. 함께 자취를 하는 사람들끼리 돌려가면서 밥 당번을 했다. 연장자가 밥 짓는 방법을 가르쳐 주었다. 그때 밥 짓는 방법을 배웠다. 몇 번 지어보니 쉬웠다. 물 맞추는 법, 누룽지를 맛있게 눌려서 솥에 들어붙지 않도록 긁는 법까지 터득을 할 수 있었다.

내가 지은 밥은 언제나 조금 된 편이었다. 내가 된 밥을 좋아해서 물을 적게 잡았기 때문이다. 주부 입맛에 따라서 밥이 되고 무르기가 결정된다는 것도 그때 알았다.

그때는 연탄아궁이에 솥을 올려놓고 밥을 지었다. 밥이 다되어갈 무렵 누룽지가 눌을 때쯤 물을 솥 안쪽으로 살짝 둘러주고 잠시 놓아두어 뜸을 들였다가 밥을 퍼내면 솥에 누룽지가 하나도 안 남고 깨끗이 벗겨져서 맛있는 누룽지 밥을 먹을 수 있었다. 내가 밥을 지을 땐 그런 방법으로 지었다.

다른 사람부터 밥을 담아드리고 내가 먹을 밥은 맨 나중에 담는다. 자연스럽게 고소한 누룽지 밥을 내가 먹을 수 있었다.

그 뒤로는 밥을 지어본 일이 없다. 그런데 장사를 시작하고부터 집사람과 교대를 해서 밥을 먹기 때문에 내가 밥을 지을 때가 가끔 있다.

요즈음은 전기밥솥에다 밥을 지으므로 물이 어느 정도 맞지 않아도 밥은 잘 된다. 서투른 솜씨라도 밥은 지을 수 있는 것이 전기밥솥인 것 같다. 쌀을 서너 번 씻어서 솥에 넣고 손바닥을 쌀 위에 댄 다음 물이 손등에 반 정도 찰 정도로 부어주면 된다. 물이 조금 많거나 조금 적어도 밥은 이상 없이 잘 된다.

그런데 이상하게 설익은 밥이 되었다. 쌀을 많이 안치어서인가 아니면 전기가 이상이 있었는지 알 수 없다. 아마도 쌀을 많이 안치어서인 것 같다.

밥을 버릴 수도 없다. 다시 할 수도 없다. 한 번 안 된 밥은 다시 해도 밥이 안 된다. 밥이 설익으면 그 밥은 쪄서 먹거나 끓여서 먹는 수밖에 없다. 설익은 밥은 쪄서 다시 해놓아도 밥맛이 영 형편없다.

어렸을 적에 설익은 밥이 되거나 겨울철 차디차게 식은 밥을 먹을 때는 밥을 끓여서 먹었다. 그때는 끓인 밥이 별로 맛이 없었는데 나이 탓인가 모르지만 지금은 끓인 밥이 어느 때는 좋을 때도 있다.

밥을 끓이는 방법은 솥에 물을 부어 펄펄 끓인다. 끓는 물에 설익은 밥이나 찬밥을 넣고 덩이를 부셔주면서 잠깐 더 끓이면 된다. 한 마디로 말해서 라면 끓이는 방법과 비슷하게 하면 된다고 하면 될 것이다.

끓인 밥은 물에 만 밥이지만 물 만 밥과는 맛이 다르다. 어쩌면 죽과 같은 원리이지만 죽은 아니다.

설익은 밥을 끓여 먹는다. 따끈따끈 끓인 밥에 김치를 얹어 먹는다. 다른 밥에서 느끼지 못하는 별다른 맛이 한 끼를 충족시켜 준다. 북장구 치고 노래하는 추억은 아니라도.

장어탕을 끓이다

소래포구를 갔다. 일부러 간 것은 아니다. 송도에 있는 호텔 예식장에 주례 집례차 다녀오던 중. 예식장 무료 버스가 원인재역까지 운행을 하여 원인재역까지 왔다. 작전역에 오는 전철을 타려고 하다가 마음이 바뀌어 소래포구행 열차를 탔다. 소래포구까지는 불과 서너 역 되는 가까운 거리다. 사람 마음이란 때로는 장어 꼬리처럼 계획에 없이 좌우로 흔들리는 모양이다. 흔들림에 따라갈 곳도 달라진다.

소래포구역에서 내려 한 3분 정도 걸어가면 소래포구다. 소래포구의 갯골은 물이 거의 빠져나가고 검은 갯벌이 고래 등처럼 드러나 있다. 그 가운데로 작은 시냇물 같은 바닷물이 고랑을 이루고 있다. 포구의 상가 한쪽은 올해 난 화재로 철거되고 새로 마련된 임시점포에서 장사들을 하고 있었다. 불이 나지 않은 한쪽은 철거를 하기 위해서 장사 자리를 옮겨 포구 머리 우측 휴게소 광장에 임시 점포를 마련해서 장사를 하고 있었다. 작년 여름 어느 무덥던 일요일 아내와 함께 와서 포구의 바닷물을 보면서 돗자리 깔고 앉아 있던 곳이다.

나는 임시점포들을 지나 수협공판장 앞 고깃배가 닿는 부두 쪽으로 갔다. 배들은 이미 다 들어온 뒤였다.

봄·가을은 주로 꽃게와 작은 젓갈 새우가 판을 친다. 꽃게와 새우는 철이 지났는지 눈에 띄지 않는다. 하지만 여러 종류의 생선들이 난전마다 쌓여 있거나 바구니나 양푼 등에 담겨서 손님에게 팔려나가기를 기다리고 있다. 그중에서도 눈에 띄는 것은 아주 커다란 광어나 작은 복어, 장대 등이 많이 보였다.

생선매운탕을 끓여먹으면 좋을 생선이 있나 하고 눈요기를 하면서 천천히 한 바퀴를 돌았다. 이렇게 눈요기하면서 시장을 돌아다니는 맛 또한 즐거움이 아니겠는가.

한 바퀴 둘러보는데 유독 내 눈에 들어오는 것이 붕장어(아나고)다. 몇 군데 있었는데 다 싱싱하고 물이 좋아 보였다. 물론 살아 있는 것도 있었으나 살아 있는 것은 값이 비싸서 장어탕보다는 우리가 흔히 말하는 붕장어 횟감으로 적당한 것들이다.

나는 붕장어를 아주 좋아한다. 붕장어 매운탕이나 붕장어로 끓인 장어탕을 좋아한다. 내가 시골 살 때는 우리 집과 사이좋게 살았던 생선장사 아주머니가 있었는데 붕장어가 들어오면 나 해 먹으라고 일부러 자주 가져다 주곤 하였다. 내가 신랑이라면 업고 다니겠다고 하면서 나를 좋아해 주던 분이었는데, 교통사고로 고인이 되었지만 가끔 생각이 나서 보고 싶은 분이다. 민물장어는 맛은 좋지만 가격이 만만찮다. 양식으로 기른 민물장어는 내 입맛에는 흙냄새가 나는 것 같은 느낌에 별로다. 내가 어렸을 적에는 논 주변 도랑물을 퍼내고 고기를 잡으면서 자연산 민물장어를 몇 마리씩 잡아오기도 했다. 모내기를 하다가 논에서 돌아다니는 민물장어를 잡기도 했다. 자연산 민물장어는 탕을 끓여먹으면 입이 쩍쩍 달라붙는 맛이 있었는데 지금은 그때가 호랑이 담배 피우던 시기가 아니었나 하는 생각이 든다.

장어탕용으로는 바닷장어를 많이 쓴다. 그러나 바닷장어는 잔가시가 많고 붕장어보다는 진한 맛이 덜 하다. 외모로 보면 별로 차이가 나지 않아 보통사람들이 구분하기는 거기서 거기 같다. 바닷장어는 주둥이가 긴 편이고 몸 색깔이 비교적 연하다. 붕장어는 주둥이가 더 짧고 몸 색깔이 바닷장어에 비해서 진하다. 가장 쉽게 구분할 수 있는 방법은 아가미 있는 곳에서부터 꼬리까지 양옆으로 흰 점이 한 줄로 있는 것이 붕장어다. 잔가시가 적어서 횟감으로도 좋지만 매운탕용으로도 아주 좋은 것이 붕장어다. 가격도 비싼 편이 아니었다. 1kg에 만 이삼천 원에서 이만 원 선이었다.

내가 들여다보고 있으니까 장어 장사 아주머니가 이것 가져가세요, 하면서 내 의사는 물어보지도 않고 검정 비닐봉지에 부어 넣고 있었다. 그것도 장사 수완이 아닌가 하는 생각을 속으로 하면서 붕장어 3만 원어치를 샀다. 눈대중으로 어림잡아 거의 2kg 정도는 되어 보였다. 비닐봉지에 두 번 담아 주어서 가지고 오기도 편했다.

장어는 일 년 내내 언제 먹어도 맛이 좋고 몸에도 좋은 음식이다. 그러나 그중에서도 오뉴월에 맛이 제일 좋다고 한다. 그 때는 겨울잠에서 깨어서 영양분 있는 먹이를 많이 섭취하고 산란을 준비하는 시기가 되기 때문인 것이 아닌가 하는 생각이 든다. 겨울을 나기 위해서 영양분을 몸에 가득 축적한 가을이나 초겨울이 그다음이 될 것이다.

집에 와서 배를 갈라 내장을 제거했다. 장어는 미끄러워서 칼질을 하는데 조심을 해야 한다. 배꼽 있는 곳부터 칼을 집어넣어 쭉 따 올라오는 것이 쉽다. 내장은 양이 적어서 쓰레기 봉지에 담기에는 봉지가 아깝다. 창자도 그대로 넣기로 한다. 푸른빛이 나는 쓸개만 따내고 창자는 칼로 몇 번 토막 쳐서 창자 속에 든 것만 씻어 물에 떠내려 보내고 고기와 함께 요리를 한다. 주둥이를 갈라 낚시를 빼내면서 일일이 확인을 하고 손질을 했다. 장어 토막을 내어서 그릇에 담으니 양이 아주 많았다. 낚시가 있는가는 자세히 잘 살펴야 한다. 통발로 잡은 것은 낚시가 없지만 낚시로 잡은 것은 잘 살펴야 한다.

저녁에 아내가 와서 된장을 풀어 넣고 생강을 몇 쪽 넣어 장어를 삶았다. 토란대와 고사리 시래기 삶은 것을 물에 불려두고 잠자리에 들었다.

오늘 아침 아내와 함께 장어탕을 끓였다. 믹서기에 삶은 장어와 된장국물을 넣고 곱게 갈아서 조금 성근 채에다 내렸다. 남은 뼈 등 거친 것은 두어 번 더 믹서기에 갈아서 거의 다 곱게 갈아 내렸다. 생 들깨와 불린 쌀도 함께 갈아서 섞었다.

시골에서 살 때는 적당히 매운 홍고추를 갈아 넣어서 끓였다. 홍고추를 갈아 넣으면 맛은 좋은데 지금은 홍고추철이 아니어서 고춧가루를 넣었다. 재료는 장어, 시래기, 고사리, 토란대, 고춧가루, 마늘, 생강, 들깨, 쌀 등이다. 먹을 때 후추가루를 조금 넣어도 좋다. 큰 솥이나

냄비에 끓이면서 저어주어야 한다. 저어주지 않으면 밑바
닥에 눌어붙어서 싼 냄새가 나면 맛이 없다.

장어를 손질하고 믹서를 하여 끓이면서 저어주는 일은
내가 하였다. 힘이 드는 일이나 생선 손질을 하는 것은
남자가 하는 게 우리 집안 내력이니 이상할 것은 없다.
지극히 자연스러운 일이다. 반면 아내는 재료 준비를 하
고 양념을 하고 간을 맞춘다.

아내는 장어탕 끓이기가 손이 많이 가고 힘이 든 일인
데 내가 도와주어서 수월하다고 하였다. 하지만 아내보다
는 내가 장어탕을 더 좋아하는데 내가 도와주어야 하는
것은 당연지사가 아닌가.

가깝게 사는 딸에게 전화를 해 사위와 외손자와 함께
오라고 해서 아침을 먹었다. 윤기가 반지르르 흐르는 햅
쌀밥에 장어탕을 보니 욕심이 생겨 두 양푼을 먹었다.
살이 저절로 오르고 힘이 솟아오를 것 같다. 오늘은 배가
장구통이 되도록 많이 먹고 배를 두드린다. 옛날 못 먹고
살 때처럼.

아! 배부르다.

2017. 12. 5.

설거지도 재미로 하면 즐거운 일이다

얼마 전 시골에 가서 작은아버님 댁에 들려 식사를 하였다. 식사가 끝나고 같이 간 집사람이 설거지를 하려고 하였다.

사촌 남동생이 설거지를 하겠다고 하면서 집사람이 끼려고 한 고무장갑을 가져갔다.

"설거지도 재미로 하면 재미있어요." 하면서 동생은 설거지를 하였다.

예전에는 못 보던 모습이다. 작은아버님 내외분이 연세가 많으니 평소에도 동생이 하는 모양이다.

식사 끝나고 다들 차 마시고 있는데 혼자 부엌에서 설거지를 하고 있으면 결코 즐겁지만은 않을 것이다.

명절 때나 제사 때 힘들다고 하는 며느리의 입장을 우

리는 주위에서 자주 듣고 본다. 고개가 끄덕거려 지는 말이다.

예전에는 당연히 해야 할 일로 생각을 하고 살던 시대였으므로 그 보다 더 고된 일을 해도 불평 한 마디 없는 삶이 며느리의 삶이었다.

우리 집은 10대 종손집이다. 일 년에 제사가 여덟 번, 추석과 설, 신곡 차례를 합하면 일 년에 제사상을 열한 번을 차렸다.

모내기가 절정인 6월 하순과 추수가 한창때인 십일월 제사 때는 하루 종일 농사일을 하면서 제사 준비를 하고 제사를 모셔야 했다.

며느리는 당연히 해야 할 일로 생각하고 일을 하였고 제사 준비에서 뒷날 음식을 나누어 먹고 뒤치다꺼리까지 군말 없이 해내었다. 몸이야 오직 고되고 마음이야 또 오직 쉬고 싶었겠지만 당연히 해야 할 일이라 생각하고 하였기에 큰 불평이 없었으리라 생각한다.

예전에는 농업 위주의 농경사회였다. 당연히 힘이 드는 일이 많았다. 신체적으로 보았을 때 남자가 여자보다 힘이 좋다. 밖에서 하는 농사일은 힘이 드는 일이었기에 남자들은 밖에 일을 하고, 여자들은 힘이 적게 드는 집안일을 하다 보니 자연히 부엌일은 여자들이 하게 되고 설거지도 여자들이 하게 되었을 것이다. 남자들은 자연적으로 음식을 만드는 일에 서툴게 되고 부엌과 멀어졌을 것이다. 여자들이 부엌일을 하고 설거지를 한다고 불평을 하기 전에 힘든 일을 할 수 없었던 것을 생각해보는 것도 위안이 되지 않을까 하는 생각을 해 본다. 현대에 와서는 힘쓰는 일보다는 머리를 쓰는 일이 많아졌다. 그에 걸맞은 직장도 많아져서 여자들이 사회에 진출을 하여 고소득을 올리는 분들이 많다. 여자들이 밖에서 일을 하는 것이 효율적이라면 남자들이 부엌일을 하여도 좋은 사회여건이 되었다. 여건을 보아서 서로 맞는 일을 하는 것이 좋을 것이다.

집사람이 몸이 아파서 내가 설거지를 해야 하게 되었다. 내가 해보니 설거지가 고되거나 아주 하기 싫은 일은 아니었다.

당연히 해야 할 일이라 생각하고 하여서 그런지 아무일도 아니었다. 물론 두 식구 그릇이니 힘든 일이 될 수는 없었을 것이지만 그래도 하기 싫다고 생각하면서 하면 단 하나라도 힘든 일이 될 것이다.

'내가 왜 이런 일을 해야 하나, 다들 놀고 있는데 나혼자 왜 이렇게 많은 설거지를 해야 해' 하는 생각을 한다면 하나 아니라 반쪽이라도 힘이 들 것이다.

‘이왕에 할 것이면 재미있게 하자. 이왕에 할 일이면 미루지 말고 하자.’라고 써 붙여 놓은 가훈을 어디선가 본 기억이 난다.

설거지 뿐이겠는가. 무슨 일이든지 재미로 하면 쉽고 즐겁겠지만 억지로 한다면 아무리 좋은 일이라도 힘이 들고 고되고 빨리 지치며 성과도 미약할 것이다.

‘설거지도 재미로 하면 재미있어요’ 하던 동생의 말이 고운 말로 가슴에 꽃이 되어 안긴다.

6

정부와 국민은
시어머니와 며느리 사이 같은

출산장려금 2천만원

충남 청양군이 셋째 출산 300만원, 넷째 출산 1천만원, 다섯째 2천만원. 충북 괴산군이 셋째 출산 1천만원. 전남 완도군이 일곱째 아이를 낳으면 1,400만원을 출산장려금으로 내걸었다는 신문 사설을 며칠 전에 읽었다. (2~3년 전)

10년간 100조 쏟아부었는데 출산율 1명(가임여성 1명이 평생 낳는 자녀수)도 위태위태 하단다.

상반기 혼인도 6,000건이나 줄어. 출산 감소 추세가 더 가팔라져. 올해 출생아 36만명선에 그칠 듯. 주거 교육 등 파격 지원 대책을. 조영태 서울보건대학교수는 단기적으로 5,000만원~7,000만원 수준의 파격적인 출산지원금을 지원해 출생아 수를 50만명 수준으로 높이고 장기적으로 청년 취업과 주거에 대한 종합적인 대책을 마

련해야 한다고 했다. (2017년 8월 24일 중앙일보 10면에서 간추린 내용)

그런다고 출산율이 늘어날까.

집값 잡는다고 별의별 대책을 내놓았어도 2000년 이후 집값은 폭등을 했다. 마치 비웃기라도 하듯이.

요즈음 집값이 주춤하자 집값을 살리려고 별의별 정책을 다 내놓는다. 그런다고 집값이 살아날까. 집값이 조금 오르는 모양이다. 하지만 잠시 미미한 효과는 있을지 모르지만 내 생각에는 일시적일 현상일 뿐이다. (이 내용 역시 몇 년 전 기사이고 지금은 집값 잡으려고 별의별 대책을 다 내놓고 있다.)

집이 적고 사람이 많으면 집값은 아무리 잡으려 해도 오른다. 집이 사람에 비해서 많으면 집값은 쌀 수밖에 없다. 장기적으로 보면 집은 많아지고 사람은 적어져서 '아니올시다.'라는 생각이 든다.

집값이 조금 오르면 집값 잡는다고 난리법석이다. 조금 내리면 부동산 경기를 살려 경제 살린다고 난리법석을 피운다. 정부는 근본대책보다는 현재 잠깐의 인기영합에 상향 그래프를 그리고 있다.

집값의 오르내림을 잡으려면 한 가구 다주택자를 없애야 한다. 돈 많은 사람들이 집을 여러 채 가지고 있으면서 돈 벌려고 장난을 하기 때문에 집값이 널뛰기를 한다. 1가구 1주택 정책을 써야 한다. 한 가구에 한 주택을 갖고 살게 하면 집값이 널뛰기하는 현상이 없어질 것이다.

집값이 안정되면 아무래도 결혼하는 사람이 더 많아질 것이다. 결혼을 많이 하게 되면 아이 낳지 말라고 해도 출산율은 늘어날 것이다.

지방을 살린다고, 수도권을 분산시킨다고, 공기업들을 지방 이주시켰다. 과연 직원들이 얼마나 지방으로 내려가서 살고 있는가. 주말 부부만 양산을 시켰다. 먼 거리를 출퇴근하는 힘든 직장인만 대량으로 만들어 놓았다. 지방으로 간 공기업들이 서울에 출장소를 거의 두고 있는데 거기서 근무하기 위한 보이지 않는 싸움판이 있다고 한다.

공기업을 지방으로 분산시킬 것이 아니라 서울과 수도권에 있는 대학교들을 하나도 남김없이 전부 산간벽지 지방으로 이주시켰어야 한다. 지방으로 이주시킨 대학들은 학교 개별 명칭 대신 국공립과 사립으로 명칭을 바꾸어야 한다. 전부 지방대로 만든다면 그에 따른 많은 인구가 지방으로 이사를 갈 것이다. 서울 집값도 잡고 서울대학교 우월주의도 사라질 것이다. 대학교들이 분교를 만들어 지방으로 가는 것 같지만 분교는 거의 수도권에 있어서 서울에 있는 거나 다름이 없다.

대학이 이사하고 빈 자리는 공원이나 아파트를 지어서 신혼부부나 저 소득자에게 싸게 임대나 분양을 하고 대학은 땅값이 싼 산간벽지 등으로 가면 공기 좋고 서울의 땅 판 돈으로 좋은 시설을 만들어 더 좋은 교육을 할 수 있을 것이다. 서울의 비만도는 낮아지고 지방이 조금이나마 더 살아날 것이다.

잠시 이야기가 곁으로 흘렀다. 다시 원래 이야기로 돌아가 보자.

출산장려금 준다고 출산율이 늘어날까, 모르지만 내 생각에는 역시 '아니올시다' 라고 말하고 싶다. 물론 일시적으로 조금의 효과는 있겠지만 말이다.

근본적인 대책을 세워야 한다. 기초가 없는데 위에다 건물을 세운다고 그 건물이 훌륭한 건물이 되어서 서 있겠는가.

출산율을 높이려면 결혼율을 높여야 한다.

직장 잡기가 힘들다고 입 달린 사람이면 말한다. 설령 직장을 잡아 일을 해도 십 년을 모아야 전세라도 구해서 살 수 있다. 여태까지는 그나마 전세라도 얻어서 신혼살림을 시작했는데 지금 정부 정책이 전세를 없애는 정책이다. 집을 사려면 평생을 모아도 못 살 정도로 집값은 높다. 월세로 신혼을 시작해야 한다.

적은 봉급으로 월세 내고 살기가 쉽겠는가. 거기다 아이 낳으면 사교육비가 만만찮다. 서울에 대학을 보내야 한다는 사회적 인식이 그렇다. 서울에서 대학을 나와야 그나마 직장을 잡고 살아갈 수 있기 때문이다. 서울에 대학을 보내려면 학원 몇 군데는 보내야 합격을 할 수 있는 것이 현실이다. 학원비가 수 백 만원이라고 가끔 매스컴에서 보도를 한다.

누가 결혼을 하려 하겠는가, 내 집 한 칸 없는데. 교육을 시킬 돈이 없는데. 소득격차를 줄이는 정책을 펴야 한다. 고임금자의 임금을 줄이고 저임금자의 임금을 올려야 한다.

출산율을 높이려면 결혼율을 높여야 하고 결혼율을 높이려면 남녀가 서로 보고 만날 수 있는 기회를 많이 제공해야 한다.

학교를 초등학교부터 대학까지 남녀공학으로 하고 남녀가 함께 공부하는 반으로 편성을 해야 한다.

다음이 남녀가 함께 근무하는 회사를 많이 만들어야 한다. 회사는 남녀가 함께 근무하는 여건을 만들어야 한다.

지금 서울에는 미혼의 여자가 많고 경남에는 미혼의 남

자가 많다고 한다. 직장 때문에 그런 현상이 생겼다고 한다. 서울에는 여자가 근무할 수 있는 조건의 회사가 많고 경남에는 남자가 근무할 수 있는 회사가 많기 때문이라고 한다. 서울에 사는 여자와 경남에 사는 남자가 언제 서로 볼 수가 있어서 연애를 하고 결혼을 하겠는가. 서로 보아야 사랑을 하고 연애를 해야 결혼을 할 것인데. 결혼을 해야 아이를 낳을 것인데.

내 이웃에 나이 많은 자녀분들이 결혼을 하지 않아서 걱정을 하는 분들이 너무나 많다. '그런 걱정을 나라가 나서서 조금 덜어주는 정책을 폈으면 좋겠어요' 하는 의견을 지금 두서없이 펼쳐보고 있다.

시·군·구 등 지방자치단체에서 돈을 지원하는 방법으로 출산율을 높이려 하는 방법도 좋기는 하다. 시·군·구나 주민자치센터, 면사무소 등에 복지과가 있다. 복지과에 중매 과를 만들어서 활동을 하게 하면 어떨까 하는 생각을 해 본다. 지방과 지방을 연결하는 시스템을 잘 활용하고 갖추어진 정보를 활용하여(물론 동의를 받아서) 처녀와 총각을 또는, 혼자 사는 남자와 여자를 연결하여 주는 무료 중매 시스템을 마련하면 결혼율을 다소라도 높일 수 있을 것이다. 결혼율이 높아지면 자연히 출산율도 높아질 것이다. 결혼해서 부부가 한 방에서 잠자고 살면 아이 안 낳겠는가.

물론 여러 가지의 사회적인 여건이 있겠지만 위에 든 두서너 가지도 출산율을 높이는 탄탄한 기초가 될 것이다. 이런 방법들이 기초를 튼튼히 하는 데 한 몫을 하리라고 나는 생각한다.

선출로 뽑힌 관리들이 4년이나 5년, 자기 임기 내에 나라를 바꿀 생각은 위험한 생각이다. 자기 임기 내에 자기가 아니면 안 된다는 생각은 버려야 한다. 기본부터 자리를 단단히 잡게 정책을 펴야 한다. 자신의 공적보다는 나라가 튼튼하도록 지방이 튼튼하도록 정책을 펴는데서 우리나라의 밝은 미래가 있다고 생각한다. 후에 결과는 자신의 공적으로 돌아올 것이다.

*이 글은 2015년인가 2014년에 써놓은 것을 약간 수정하여 올리므로 지금의 상황과는 차이가 있음.

복권 5장을 샀더니

5천 원을 날렸다. 로또복권 5장을 샀는데 꽝이다.
밤에 꾼 꿈이 개꿈?
복권을 사면 안 된다고 마음먹었는데 또 5천 원을 날렸다.

부자들은 복권을 사지 않는다 한다. 복권은 당첨되지 않는 것이다. 복권을 사지 않는 사람들의 신념이다. 당첨이 안 되기 때문에 이름이 복권이다. 복권에 당첨되는 것은 벼락을 몇 번 맞을 확률보다 더 낮다고 한다. 그렇다면 당첨되지 않는 것이라고 할 수밖에 없다. 그래도 복권은 수도 없이 많이 팔린단다. 되지 않을 줄 알면서도 혹시나 하는 마음에서, 인생역전의 꿈을 꾸면서 산다. 복권을 사는 사람의 말을 듣자면, 사가지고 있으면 혹시라도 당첨이 될 수도 있지만 사지 않으면 횡재수가 있어도 그

마저 포기하는 것과 같단다.

그 말도 맞는 말이다.

나는 가끔. 일 년에 두서너 번 복권을 산다. 예전에는 한 달에 두세 번 샀지만 이제는 일 년에 두세 번 사는 걸로 횟수를 줄였다. 사는 양도 5천 원어치 이상은 사지 않는다. 당첨될 운이 있으면 한 장을 사도 당첨이 될 것이다. 운이 없으면 만 장을 사도 안 될 것이다. 많이 사면 확률은 높겠지만 복권은 확률 게임이 아니라고 생각한다. 운이 있어야 한다고 확신한다.

사주에 나는 공 재물이 들어올 운이 없다고 하는 말을 많이 들었다. 누구나 공 재물 운이 좋은 사람은 많지는 않겠지만. 나는 유독 공 재물 운이 없는 것 같다. 둘이 재비를 뽑아도 나는 떨어지는 일을 많이 겪었다.

퀴즈나 추첨을 할 수 있는 이벤트에 수도 없이 응모를 해도 당첨은 되지 않았다. 퀴즈나 이벤트 응모는 돈 드는 일이 아니다. 돈 드는 일이 아니므로 자주 응모해도 손해는 없다.

퀴즈를 풀면 머리를 쓴다. 굳어진 뇌 활동에 도움을 준다. 치매예방도 된단다. 손해 갈 것은 하나도 없다. 그러나 복권은 다르다. 돈이 들어가도 도움은 없다. 다만 일주일을 기다림에 마음이 기쁠 수는 있겠지만.

복권은 돈이 들어가는 일종의 투기다. '퀴즈나 이벤트에 응모하는 것은 머리만 쓰는 일종의 투자다'라고 정의를 하면 어쩔까 하는 생각을 해 본다.

복권은 돈이 들어가도 결과에 대한 확률이 거의 없으므로 가급적 사지 않는 것이 좋다.

퀴즈를 풀거나 이벤트에 응모하는 것은 돈이 들어가는 것이 아니므로 재미 삼아하다 보면 당첨이 될 때도 있다. 안 된다 해도 손해 갈 것은 없으므로 밑져야 본전이다. 공짜 운이 없다는 나도 퀴즈나 이벤트에 자주 응모하다 보니까 두 번인가 당첨이 될 때도 있었다.

사행성이 있는 것은 항상 함정이 있다. 함정은 보이지 않는다. 함정에 빠진 뒤에야 알 수 있는 것이 함정이다. 이 함정을 누가 파 놓고 있는가. 부자들이 복권을 사지 않는 이유는 노력해서 버는 것을 체험하면서 살아왔기 때문이다.

가난한 사람들이 혹시나 하고 사는 것이 복권이다. 하루아침에 팔자를 고쳐볼까 하고 사는 것이 복권이다. 그러나 가난한 사람보다는 부자가 운이 더 좋을 것이다. 그래도 부자는 복권을 사지 않는다. 함정엔 다급한 사람이 잘 걸려든다.

가난한 사람이 부자 되는 길은 복권을 사는 일이 아니

라 부지런히 일을 해서 결과를 모아가는 일이다. 어쩌다 재미로 한두 장 살 수는 있어도 일 삼아 많은 돈을 투자해서 사는 것은 지양해야 할 것이다.

퀴즈나 이벤트 등은 짧은 자투리 시간만 투자하면 된다. 이런 것은 자주 하는 습관을 기르는 것도 괜찮다고 생각한다.

복권은 투기, 퀴즈나 이벤트 응모는 일종의 투자. 투자는 하고 투기는 하면 안 되는 것이라고 나 자신에게 말을 해 본다.

과연 법 앞에 만인은 평등한가

벌금 254억을 49일 봉투 접기나 쇼핑백을 만드는 노역으로 갚는다. 요사이 매일 신문 1면을 장식하는 기사다.

어떤 대기업 회장이 벌금 254억원을 확정받고, 벌금 외에 세금 147억원과 금융권에서 얻어 쓴 빚 233억 원이 밀린 상태로 외국으로 도망간 지 4년. 검찰과 국세청이 아파트를 수색하여 미술품과 골동품 등을 압수하는 등 압박을 가하자 귀국하겠다고 검찰에 연락하고 귀국을 하였단다.

귀국하자 조세포탈과 횡령 혐의로 교도소 노역장에 유치되었는데, 벌금 254억 원을 봉투 접기, 쇼핑백 만들기 등 간단한 노역을 하면 하루 5억씩을 감해서 49일이면 완전 탕감된단다.

일반인들은 하루 5만원을 계산하는데 그 금액의 일만

배인 5억이란다.

어떤 회사원은 회식 후 음주운전으로 벌금 400만원을 선고받고 하루 5만원씩 80일을 교도소에서 노역을 했단다. 어떤 택시기사는 음주운전 사고로 남의 차를 파손하여 700만원을 선고 받고 하루 5만원씩 계산 140일을 노역으로 갚았단다. 비단 이뿐이겠는가, 간단한 생계형 범죄로 얼마나 많은 사람들이 하루 5만원짜리 노역을 하였겠는가.

일반인은 세금 몇 만원만 내지 못해도 압류를 한다, 뭘한다. 별별 압력을 다 가하는데…….

일반인이 254억이 아니고 몇 백만 원만 벌금을 못 내도 얼마를 살아야 할지 가늠이 안 되는데…….

재벌은 단 50일 간단한 노역으로 254억이 면제된단다.

그렇게 하면서 국가에서는 돈이 없어서 대통령 공약도 지키지 않는 세상.

개가 웃을 일이다.

대한민국 법은 부자와 권력을 가진 사람들을 위한 법이다. 하는 생각을 어떤 사람인들 하지 않겠는가.

사람은 누구나 평등하다.

국민은 누구나 법 앞에서 공평하다고 들었던 말이, 배

웠던 말들이, 똥 범벅이 된 것 같다.

　세상살이가 갈수록 희망이 보여야 하는데 이런 일들을 보면 갈수록 세상살이는 암흑이 되어가는 기분이다.

　돈 몇 만원이 없어서 가족들이 함께 세상을 하직하는 기사들이 하루가 멀다고 접하는 요즈음 어찌 이런 일이.

　하루 봉투 접는 일로 5억을 감면받는다면 어느 누가 세금이나 벌금을 내려고 할까. 서민들이 평생을 모아도 못 모을 5억.

　법 앞에 만인이 공평하다는 말이 헛되지 않도록 국가는 법조인들은 각성을 해야 할 일이다.

유통기한

중년의 여인이 왔다.

"간장 한 병만 주세요."

간장을 한 병 내주었다.

"유통기한은 안 넘었겠지요."

"간장은 오래되면 오래될수록 좋은 것인데 사모님은 잘 모르시나 봐요."

내가 웃으면서 말했다.

"그건 알지요. 무단히 해 본 소리지."

아주머니 역시 웃으면서 간장을 사 가지고 갔다.

물론 간장에도 유통기한이 표기되어 있다. 우리나라 식품위생법이 그래서인지는 모르지만 모든 가공식품에는 다 유통기한이 표기되어 있다.

나는 어릴 때 할머니에게서 간장은 묵으면 묵을수록 좋다는 말을 수도 없이 많이 듣고 자랐다.

장독대에는 묵은 장과 새 장을 항상 따로따로 담아놓았다. 음식을 만들 때는 항상 묵은 장을 썼다. 부잣집들은 6년 묵은 장이나 십 년 묵은 장이 있다고 한다. 우리 집에는 그렇게 오래된 장은 없었다. 새 장이 일 년 정도 지나면 예전에 있던 장과 섞어서 장독에 담고 빈 독 그릇에 다시 새 장을 담갔다.

장과는 달리 된장은 묵으면 맛이 없다. 된장은 항상 새 된장을 주로 먹었다. 묵은 된장은 무짠지나 오이짠지를 담갔다. 쇠죽을 쑬 때 조금씩 넣어서 소에게 먹이기도 했다. 요사이는 된장도 2년 묵은 된장이니 3년 묵은 된장이니 하고 홍보를 한다. 무엇이든지 오래된 것이 좋은 것인 듯 말이다. 사람만 빼고는. 하지만 시중에 유통되는 된장에는 별로 길지 않은 유통기한이 있다.

2년 된 김치니 3년 된 묵은 김치니 하는 말을 자주 듣는다. 나는 생김치를 좋아하기 때문에 묵은 김치는 좋아하지 않는다. 김치도 상품화시켜 파는 것은 유통기한이 표시되어 있다.

요사이는 사람도 유통기한이 있다고 한다. 내 나이 칠십이면 유통기한이 거의 다 됐을까. 유통기한은 다 되었다 해도 요리해 먹을 수 있는 기간은 아직 남아 있겠지 하는 위로 아닌 위로의 말을 붙여본다.

커서 어른이 된 뒤에 안 일이지만 유럽에서는 포도주가

오래 되면 오래 될수록 맛이 있다고 한다. 포도주는 13년산이니, 15년산이니, 18년산이니 한다. 심지어는 몇 십 년에서 몇 백 년 묵은 것까지 있다고 한다. 오래되면 오래 될수록 가격도 높아 엄청나게 비싸져서 가히 보물 취급을 받는다. 우리의 간장도 서양의 포도주처럼 오래 될수록 가격이 높아진다면 사람들이 오래 된 간장이 좋은 줄 알 것이다. 나이 먹은 중년의 여인도 간장에 유통기한을 물었는데 하물며 소금을 사가면서 '냉동시켜야 해요, 냉장고에 넣어서 보관해야 해요?' 하고 물어보는 젊은 사람들이야. 모든 것이 지금 막 만든 것이 좋은 줄 알 수밖에.

식초도 오래 되면 오래될수록 좋은 식품인데 유통기한이 있다. 빵은 종류에 따라서 다르지만 막 구워낸 것보다는 3일 정도 된 것이 수분이 촉촉이 배어들어 맛이 더 좋아진다고 하는 말을 제빵 기술자에게서 들은 일이 있다. 돼지고기나 소고기도 막 잡은 것보다는 냉장실에서 칠팔일 숙성시켜야 더 연하고 맛이 좋다고 한다.

냉동식품은 유통기한보다는 냉동의 온도나 또는 급냉동인가 천천히 냉동시킨 것인가 등, 냉동방식과 냉동 시의 온도 변화 등에 더 중점을 두어야 한다.

잘은 모르지만 섭씨 영하 180도인가 하는 낮은 온도에서 급냉동시킨 냉동인간은 몇 십 년 아니면 몇 백 년 후에 다시 깨어날 수 있다고 하지 않던가. 식품 역시 냉동이나 냉장 조건에 따라 식품의 신선도가 유지될 것이다.

유통기한도 중요하지만 유통기한보다는 식품의 특성에 맞는 보관방법에 철저를 기해야 할 것이다. 사람들은 유통기한이 넘으면 못 먹을 줄 안다. 유통기한은 말 그대로 유통되는 기한이다. 먹을 수 있는 기한은 유통기한이 넘은 뒤에 얼마쯤 더 간다. 거의 획일적으로 유통기한을 정해서 유통기한이 넘으면 폐기처분하는 것은 국가적으로나 회사차원에서 막대한 손실이 될 것이다. 제품 특성에 맞게 그 기간에 맞는 유통기한을 정해서 관리를 철저히 하는 것이 옳을 것이다. 아니면 유통기한보다는 먹을 수 있는 기한을 표시하는 것이 손실을 줄이는 더 좋은 방법이 될 수도 있을 것이다.

※ 이것은 순전히 내 개인적인 생각이고 유통기한을 보고 구입하고 먹는 것이 좋을 것이다. 국가에서 아무 쓸모 없는데 유통기한을 표시하라고 하지는 않았을 것이다.

기초연금에 대한

기초 연금 관계로 세상이 뜨겁다.

대통령 공약대로 모든 노인에게 20만원을 주어야 한다
는 의견과 국가경제가 어려우니 정부안대로 하위 70%에
게만 주어야 한다는 의견 충돌로 뜨거운 논쟁이 국회에
서도 언론에서도 활활 타오르고 있다.

국민연금과 연계성도 찬반이 엇갈린다.

기초연금, 쉽게 접근해야 한다. 기초연금은 모든 노인
에게 20만 원씩 지급하고, 국민연금은 국민연금대로 기
초연금은 기초연금대로 따로따로 분리하면 복잡하지 않고
쉽게 이해할 수 있는데, 아이들이나 노인들도 알 수 있는
쉬운 덧셈 뺄셈을 놔두고 학자들이나 정치인들은 어려운

방정식의 방식을 이용해 혼란을 초래하고 있다. 대다수의 국민들이 쉽게 이해할 수 있도록 설명하고 실현해야 한다.

모든 노인에게 20만 원씩 지급한다는 공약의 약속을 지키면 된다.

대통령이 국민을 상대로 한 약속이고 그 약속으로 얻은 표로 당선이 되었는데 약속을 안 지키면 누가 대통령의 말을 앞으로 신용하겠는가.

경제가 올해 갑자기 나빠진 것도 아니다. 경제가 올해 갑자기 나빠졌다면 이유로 댈 수도 있겠지만 작년에도 경제는 나빴다. 그때 국회의원이었고 여당의 대표지도자의 한 사람으로 있었던 분이 경제가 나쁜 것을 몰랐다면 말도 안 된다. 그때 공약을 내걸 때 이 상황에서도 모든 노인에게 20만 원을 줄 수 있다는 확신이 있었기에 그런 공약을 내걸었을 것이다.

우리나라 최고의 부자들이 사는 강남의 타워팰리스에 사는 노인 중 상당수가 기초노령연금을 받는다고 한다. 그런 반면 소득이 하나도 없어도 3억 안팎의 보통사람들이 사는 아파트 하나만 있어도 못 받는 사람도 부지기수다. 요령이 있으면 비합법적인 합법으로 돈을 받고 요령이 없으면 돈을 못 받는 것이다. 모든 노인에게 꼭 같이

다 주고 '부자 증세 철회'의 정책을 펴지 않으면 된다. 부자노인에게도 20만 원을 왜 주느냐의 물음에 대답이 될 것이다.

지금 우리나라 경제 구조를 보면 상위 10% 내의 사람들이 많은 부를 가지고 있다. 앞으로 정부가 아무리 발버둥을 쳐도 빈부의 격차는 더 커질 수밖에 없다고 생각한다. 빈곤층이 갈수록 더 많아질 수밖에 없다고 생각한다.
학교급식을 보자. 부자 아이들도 도시락 싸가지고 가지 않는다. 다 같이 급식을 먹는다. 기초연금도 마찬가지라고 생각한다. 편법을 피하기 위해서라도 모든 노인에게 똑같이 20만 원을 지급하면 된다.

중앙일보 10월 15일 30면을 보면 50대 이상, 노후 준비 조사표가 나와 있다.
연금 납부 경험이 없는 사람이 84%, 금융기관 개인연금이 없는 사람이 97%, 노후를 위한 경제적 준비가 없는 사람이 63%로 나와 있다. 이 수치의 노인들의 노후를 생각해 보아야 할 일이다.

왜 국민연금 임의가입자가 대거 탈퇴를 하고 있는가도 한편 생각해 보아야 한다. 정부의 논리를 떠나서 국민들이 정부를 못 믿기 때문이다. 정부가 아무리 아니라고 우겨도 안 되는 것이다.

정부는 민심을 파악해야 한다. 민심에 귀 기울이고 민심을 따라서 정책을 펼치고 수행하여야 한다.

우리나라 1인 가구의 최저생계비가 56만 원인데 노인 중 30프로가 소득이 거의 없음을 감안할 때 20만 원의 기초연금으로 노인빈곤율의 획기적인 하락은 기대할 수 없다고 어떤 교수가 제시했다. 교수 정도 되면 가난 같은 것은 모를 것이다. 수치만 중요할 것이다. 검소한 생활로 생활에 크게 도움이 될 것이란 판단의 말을 달기는 달았지만 말이다. 고액 봉급을 받고 있는 교수의 입장에서 본다면 20만 원은 아이들 사탕 값도 안 될 것이다. 그러나 소득이 거의 없는 노인에게 20만 원은 큰돈이라는 것을 말하고 싶다. 노인 빈곤율의 획기적인 하락의 수치보다는 노인들이 직접 생활하여야 하는 돈이라는 걸 앞서 생각해야 한다.

정부는 교수 같이 책상에서 연구만 하고 고소득을 받는 사람의 말도 좋지만 각계각층에 위치한 사회 구성원의 말에 더 크게 귀 기울여야 할 것이다.

모든 국민에게 월 300만원 지급

얼마나 좋으랴.

하지만 이건 우리나라 얘기가 아닌 걸 어떡하랴.

스위스라는 나라에서 '모든 국민에게 한 달 2500 스위스 프랑(약 300만원)의 기본소득을 지급한다.'는 내용으로 의회에 제출된 법안이란다.

2015년 국민투표에 부쳐질 예정이란다.

직업, 재산, 수입에 상관없이 최저생계를 보장하기 위해 국민 모두에게 기본소득이 되는 금액을 지급하자는 법안이란다.

물론 가결이 되어야 이루어지는 법안 제출일 뿐이지만 정말 부럽기 한이 없다. 그런 정도를 논한다는 것 자체가 부러움이다.

우리나라는 65세 이상 모든 노인에게 월 20만 원씩 기초노령연금을 지급한다는 대통령의 선거공약이 있었지만 그 마저도 당선이 되고 나서는 돈이 없다는 핑계로 액수와 대상이 확 줄어들 판이니 말이다.

부자 노인에게 돈을 주지 않고 가난한 노인에게만 준다는 말은 어찌 보면 지지를 얻을 수도 있겠지만 모순도 많다. 부자 노인과 가난한 노인의 구분을 명확히 가리기는 칼로 물 자르기보다 어려운 일이기 때문이다.

보다는 원안처럼 모든 노인에게 꼭 같은 액수의 기초연금을 지급하고 부자에게 그만큼 세금을 더 걷는 방법을 쓴다면 그 방법이 형평성에 더 부합되는 방법, 더 명징한 방법일 것이라는 생각이 든다. 다른 분들의 생각은 어떨지 모르지만 나 개인적인 생각으로는 내 생각이 더 옳은 방법일 것 같다. 물론 내 생각이기 때문에 그럴 수도 있긴 할 것이다.

스위스에서는 또 이런 법안도 국민투표에 부쳐질 것이란다.

한 회사에서 돈을 가장 많이 받는 직원과 가장 적게 받는 직원의 연봉 차이가 12배를 넘을 수 없게 연봉 차이를 12배까지만 허용한다는 법안이란다.

신입사원이 2,000만원 받는다고 가정한다면 그 회사의 대표도 2억 4000만원을 넘을 수 없다는 말이다.

언젠가 교황이 한 말이 생각난다.

돈을 너무나 많이 받는 고액 봉급자의 연봉을 줄여야 한다고 한 말이다. '돈을 너무나 많이 받은 고액 연봉자가 현대의 독재자다' 라고 한 말이 아마 앞으로 사회문제가 되지 않을까 하는 생각이 든다.

언제나 그러하였겠지만 앞으로는 권력의 독재자도 독재자이지만 경제적인 독재자가 더 큰 사회문제가 될 수 있을 것이란 생각도 해보는 계기가 된다.

우습지만 이런 생각도 해 본다. 신입 사원이나 상급 사원이나 초봉 월급은 누구나 똑같이 주기로 한 뒤 일의 성과에 따라서 월급을 그대로 유지하던지 연차적으로 차차 낮추어 50%까지 줄일 수 있도록 하면 어떨까 하는 생각이다. 만약 그런 일이 실제로 생긴다면 신입 사원으로 사회에 첫발을 내딛는 젊은이들이 얼마나 신이 나고 좋은 세상이 될까, 일의 능률은 떨어지지 않고 사회의 빈부격차는 더 줄어들지 않을까 하는 망상.

그러나 이런 생각들은 판타지소설 같다. 공상만화에나 나올 것 같은 나의 생각일 뿐이다.

공상만화가 오래가면 현실이 되는 일들이 많다.

옛날에 달나라에 가는 공상소설이 지금은 현실화되어서 인간이 정말 달나라에 가는 시대가 되었다는 것을 연결시켜본다.

밖에는 눈이 오고 따뜻한 방에 누워 생각하니 허무맹랑한 생각들이 천장에 파리처럼 날아다니다 내 머릿속으로 들어와 놀므로 그냥 농담 반 진담 반 재미로 마치 공상소설이나 판타지소설처럼 적어보고 있을 뿐이다.

어정쩡한 나이 70

"할아버지 여기 앉으세요."

옆 사람을 좌우로 쳐다본다.

다 젊은 분들이다. 날 보고 하는 말 같다.

벌써 내가 남에게 자리를 양보 받을 나이가 되었나.

이제 칠십인데, 나는 아직 서 있어도 되는데, 서서 서울 두 번도 갈 수 있는데, 하는 생각이 문득 든다.

어떤 때는 젊은 사람이 앉아있는 곳 바로 앞에 서면, 한 번 쳐다보고 그대로 앉아 있다. 그럴 때는 조금 서운한 마음이 들 때도 있다.

그래도 한편으론 왠지 기분이 좋아지기도 한다. 그래, 나는 아직 자리를 양보 받을 만큼 나이 먹지는 않았지, 하는 생각에 더 젊어진 것 같은 생각이 들기도 한다. 괜히 어깨가 조금 올라간다.

나이 70은 이렇게 어정쩡한 나이인가 보다.

노약자석이 아닌 일반석에 앉아있을 때 젊은 사람이 오르고 내 앞에 선다. 그때 저 건너편 노약자석을 보면 비어 있는 자리가 있다. 왠지 젊은 사람이 앉아야 할 자리를 내가 차지하고 앉아있는 것 같아 불편하다.

일어나면서 "여기 앉으세요." 하고 웃으면서 노약자석으로 간다.

배려라기보다는 노약자석에 앉을 수 있는 자격이 있는 사람이 그 자리는 비워 두고 젊은 사람이 앉아서 갈 수 있는 자리를 차지하고 앉아서 가는 것은 젊은 사람에 대한 예의가 아닐 뿐만 아니라 월권행위가 아닌가 하는 생각이 들기 때문이다.

물론 노약자석에 앉아 있는 것보다는 일반석에 앉아 있는 것이 기분은 좋지만.

노약자에게 노약자석이라는 특례를 주는데, 그 자리는 비어 있고 젊은 사람이 앉아야 할 일반석은 자리가 차 앉을 곳이 없어서, 서서 가는 사람이 많을 때 노약자가 일반석에 앉아서 가는 것은 욕먹을 일이다. 어디 전철 자리뿐이겠는가. 나이 70은 이렇게 어정쩡한 나이인가 보다.

이상한 나라의 상어

우리나라에서 제일 많은 것 세 가지를 들라면 시인과 예배당과 모텔이라는 농담 반 진담 반의 말이 있다.

우리나라에서 현재 발간되고 있는 문학잡지가 500종이 넘어 550종인가 된다고 한다.

월간지, 계간지, 반년간지 등등으로 수많은 문학지들이 쏟아져 나오는 문학의 홍수 시대다.

이렇게 문학지들이 많아도 문인들은 가난하다. 글을 써서 밥을 먹고사는 사람은 손가락으로 꼽을 정도다.

예배당과 모텔은 어쩐지?

문학지들이 그렇게 많은데 왜 글쟁이들은 가난할까. 이상하다. 당연히 글을 발표할 곳도 많고 원고료도 많이 받을 것인데.

한 마디로 책을 사서 읽는 사람이 적기 때문이다. 책을 사서 읽는 사람은 적은데 왜 문학지들은 많은가. 또 이상한 계산이 성립된다.

가만히 앉아서 맑은 냇물을 들여다 본다. 고기가 물풀을 뜯어먹고 사는 고기도 있고 고기가 고기를 잡아 먹고 사는 고기도 있다. 우리가 아는 고기로 상어 하면 바로 고기가 고기를 잡아먹는 대표적이 어종이다.

어쩌면 문학지들은 독자가 주는 먹이를 먹고 사는 것이 아니고 글쟁이들을 잡아 먹고 사는 것이 아닐까 하는 생각이 든다. 아니 생각이 아니고 공공연한 현실이다. 누가 터놓고 말을 하지 않을 뿐이다.

500종이 넘는 문학지들 중에서 원고료를 제대로 주는 문학지는 거의 없다고 들은 기억이 있다. 물론 정상적으로 고료를 주는 곳이 몇 군데 있기는 있는 것으로 알고 있기는 하다.

하지만 형식적으로 주는 곳이 몇 군데라고 한다.

다음이 저자 게재분이라도 몇 권 보내주는 곳이 양심이 조금 있는 부류의 문학지다.

태반이 원고를 게재하면 책을 사주기를 은근히 바라는 마음을 가진 잡지, 아니면 일 년이고 이 년이고 정기구독을 해주기를 바라는 잡지들이 대다수라고 한다.

신인을 등단시켜 주고 노골적으로 책을 팔아주기를 바라는 잡지도 많다.

나도 멋모르고 그런 곳에 응모를 하여 등단이라는 절차를 치렀다. 그런 잡지일수록 문단에서 외면을 하기에 두고두고 후회하고 있다. 다음에 더 나은 문학지로 등단이라는 의례를 거칠 수도 있었는데. 결국 다른 등단 과정을 거치기는 했어도, 한 번 둘러 쓴 멍에는 평생 벗겨지지 않는다.

일 년에 수십 명씩 등단을 시키면서 등단 장사를 하는 문학지들. 문학상을 몇 개씩 만들어 상장사를 하는 잡지들. 때문에 등단을 하고도, 상을 받고도, 후회하는 문인도 많을 줄 안다. 문단 인구가 기하급수적으로 불어나는 원인이기도 하다.

문단 인구가 많아지니 호 불호를 떠나서 문학지들도 당연히 많아지는 현상이 따른다.

나도 물에서 사는 이상 이러한 부류의 물고기에 속할 수밖에 도리가 없다. 내 살을 많이 잃지 않으려면 가급적 굴에 숨어서 지내는 수밖에 없다. 밖으로 나가면 안 돼, 마음에 다짐을 하면서.

나는 과연 최고의 상품을 생산해내고 있는가?

내가 쓴 글은 얼마의 값어치가 있는가?

가만히 생각을 해보지만 답이 없다.

팔아본 일이 없으므로.

최고의 상품을 생산해내지 못하기 때문이라는 것만 나 자신이 채찍으로 알고 있을 뿐.

본인은 못 해도

검단의 한 예식장에 다녀오는 길이다.

버스를 탔다.

자리가 없어 통로에 서 있는 사람이 많다.

내가 내릴 곳까지는 한 삼십 분 정도 타면 된다. 서 있다고 크게 불편하거나 걱정할 일은 아니다.

내가 서 있는 앞자리에 고등학생 정도로 보이는 남학생들이 타고 있다. 학생들은 서 있는 사람은 보지 않았다. 저희들끼리 핸드폰을 보면서 무언가를 열심히 하고 있다.

"학생들, 노인이 옆에 서 계시는데 자리를 양보해 주지 않고 못 본 척 앉아 있어요."

두어 칸 뒷자리에 앉아 있던 할머니가 앉아 있는 학생들을 향해 조금 큰소리로 말을 하셨다.

학생들이 그 말을 듣고 나에게 자리를 양보했다.

"아니 괜찮아요, 그대로 앉아서 가요." 하고 내가 사양을 하자 다시 그 할머니의 말소리가 들려왔다.

"어서 앉으세요, 그것도 교육이에요. 본인은 말할 수 없지만 나처럼 다른 사람은 얘기할 수도 있고 얘기해 주어야 하는 거예요. 그게 아이들을 위해서도 좋은 거예요. 어서 앉아가세요."

나는 얼떨결에 "고맙습니다." 하고 자리에 앉았다.

학생들은 통로에 서 있다가 잠시 뒤에 뒷자리가 비자 그 자리에 앉았다.

두고두고 그 할머니의 얘기가 머릿속에 자리 잡고 떠나지 않는다.

그렇다, 본인은 말 못 해도 다른 사람이 말해주고 일깨워 주어야 할 일들이 우리 주위에는 참 많다. 그런 일들이 어른이 해야 할 도리임에도 쉽지가 않으니.

7

첫사랑의 향기는
등 뒤에서 맴돌고

어설픔의 대가(代價)

　김장을 하는 날이다. 간수에 절인 배추를 씻는다고 아이들이 나가기에 나도 뒷일이라도 거들어 줄까 하고 함께 마당으로 나갔다.

　우리 집은 아이들이 함께 모여서 김장을 한다.

　아들 집이 두 집, 딸 집이 두 집, 우리까지 해서 다섯 집 김장을 해마다 함께 한다.

　배추만 80포기에서 100포기 정도를 한다.

　아이들이 극구 말리는 것을 나도 젊은 여자들과 함께 있는 것이 좋다고 웃음으로 대신하고 배추 씻는데 물을 돌보아 주었다.

　큰 통 세 개에 가득 담긴, 소금에 절여진 배추를 한 포기씩 건져서 다시 큰 통 하나 가득 채워진 물에 한 번 씻고, 씻은 배추를 좀 더 작은 통 세 개를 놓고 돌려가면서 총 세 번을 씻는 순으로 작업 진행을 하였다.

다행히 어제오늘 날씨는 배추 속처럼 포근하다. 날씨만 포근해도 한 부조해주는 것 같다.

배추를 씻어가다 겉잎 떨어진 찌꺼기들이 물에 많이 뜨면 건져내는 작업을 하면서 배추를 씻는다. 작은 통에 담긴 것은 큰 바구니에 부어 배추 겉잎 찌꺼기를 받쳐낸다. 물통을 부을 때 애들이 혼자 붓기에 힘든 작업이기에 내가 함께 거들어주었다.

아이들은 장화를 신고 긴 비닐 앞치마를 베트남의 아오자이처럼 입었는데, 나는 마땅히 발에 맞는 장화가 없었다. 헌 구두에 바지를 입었다. 물이 바지나 신에 젖을까봐 댄스교실에 오는 허리 아픈 여성처럼 엉덩이를 엉거주춤 뒤로 빼고 누가 보아도 어색하게 조금 떨어진 거리에 서서 물통을 잡고 거들어 줄 수밖에 없었다.

물통을 잡고 들어 올리는 순간 물통이 순식간에 쭉 밀려났다. 그 물통을 잡고 있던 나도 상체가 딸려가면서 함께 미끄러졌다. 그때 갑자기 허벅지가 터지는 듯한 통증이 느껴지면서 그대로 자리에 주저앉고 말았다.

걱정하는 아이들에게 괜찮다고 말하고 다리를 몇 번씩 좌우로 돌려보았으나 별로 좋아지지 않았다.

일요일이라 문을 연 병원이 없어서 병원에 갈 수도 없다. 다행히 집 근처에 착실한 학생이 일기를 쓰듯 일 년 내내 하루도 빠짐없이 문을 여는 약국이 있다. 그 약국에 들러 얘기를 했더니 근육통 약과 근육이완제 이틀 치를 주었다. 먹어보고 낫지 않으면 병원에 가보라고 한다. 근육 파열일 수도 있다면서. 그 약사도 옛날에 그런 일이 있었는데 상당히 오랜 기간 치료를 했다고 덧붙임 말을 해주었다. 주로 운동선수들이 갑자기 힘을 많이 모아쓸 때 오는 증상이라고 한다.

하루가 가고 뒷날에도 증상은 좋아지지 않았다. 정형외과에 갔더니 근육 파열이라 한다. 다리에는 온통 파란 멍이 나앉아 있다. 빨리 왔기에 1,2주 정도 치료를 하면 좋아질 수도 있지만 상당히 오랜 기간 치료를 하여야 하는 증상이라고 한다. 역시 의사도 운동선수들에게 많이 오는 증상인데 6개월 정도 쉬어야 좋아지는 증상이라고 한다.

예쁘고 상냥한 아가씨가 엉덩이를 탁탁 쳐서 아픔을 감추어 달래주는 주사를 맞고, 쌀쌀하고 업무적인 사무원 아가씨의 약 처방을 받고, 나긋나긋한 아저씨의 물리치료를 받고 왔다. 움직이지 말고 가만히 앉아 있어야 한다고 주의를 주었다.

매일 주사 맞고, 약 먹고, 물리치료하면서 이 주간을 치료했더니 많이 좋아져서 거의 완쾌가 된 것도 같지만 그래도 아직 다 좋아지지는 않은 것 같다.

그때 나도 장화를 신고 비닐 앞치마 두르고 가까이 붙

어 서서 거들었더라면 이런 일은 없었을 것인데, 하는 후회가 생겼으나 그건 이미 엎질러진 물인데 무슨 소용이겠는가.

뒤돌아보면 세상을 살아오면서 어설프게 일을 하다 잘못되어 후회를 한 일이 수도 없이 많았던 것 같다.

일을 어설프게 하면 그 대가가 꼭 따라온다는 것을 이번에 큰 고통으로 느꼈지만 다음에 또 어떨지.

경험이 제일 좋은 교과서이지만 자주 잊어먹고 마는 나쁜 내 머리.

경험만 하다 끝나는 것이 인생인가.

순간 판단력이 빵점이다

순간 판단력이 빵점이다, 나는.

곰곰 생각해보면 순간 판단력이 약해서 손해를 본 일이
부지기수로 많다.

다음에는 느긋이 생각하고 행동해야지, 하는 생각을 다
지고 다져도 막상 일을 만나서 처리하고 나면 내가 이번
에는 왜 또 그랬을까 하는 생각이 난다.

그럴 때마다 왜 또 그랬을까 하는 생각을 하지만 매양
마찬가지다.

지나온 평생을 그렇게 살아왔고 앞으로도 평생을 그렇
게 살아갈 수밖에 없는가, 나는.

얼마 전 건널목에 다다랐을 적에 파란불이 막 깜빡이기
시작했다. 18이란 숫자가 보였다. 넉넉히 건널 수 있는
시간과 거리였다. 순간적으로 뛰어야지 하는 판단으로 뛰

어가는데 뒤에서 빵- 하고 경적이 울렸다. 경적소리에 나도 모르게 그쪽으로 고개가 돌아가고 파인 길 때문에 그만 땅에 납작하게 넘어지고 말았다.

웃옷 호주머니에 넣어두었던 메모지 등 종이 조각들이 땅바닥에 나뒹굴었다. 일어나 순간적으로 종이를 주었다. 건널목을 건너서 보니 무릎쪽 옷이 찢어지고 손바닥엔 상처가 나고 피가 났다.

경적을 울렸던, 우회전하던 차는 가버리고 없었다. 사람이 녹색신호에 건너는데 우회전하던 차가 왜 경적을 울려서 내가 넘어졌는지 따졌어야 했는데 그때는 그게 순간적으로 생각이 안 난 것이다.

상당히 오래된 뒤에야 상처가 아물고 아픔이 가셨다.

한 번은 어떤 젊은 부부가 엿기름을 사러 왔다.

근처 식당 아주머니가 우리 가게에서 파는 엿기름가루가 이 근처에서는 제일 좋다고 해서 왔다고 하였다.

자기들은 식혜를 해서 팔려고 한다고 하였다. 그러면서 소포장이 아닌 20kg 큰 포의 값을 물었다.

아직까지 큰 포를 팔아본 일이 없다. 갑자기 큰 포의 가격이 생각이 나지 않았다. 그리고 식혜를 만들어 판다고 하는 말만 머리에 들어와서 전화번호를 줄 테니 그곳에서 구입해서 쓰라고 하고 보내고 생각하니 내 가게에

온 단골이 될 고객을 쫓아버린 꼴이 되었다.

나중에 그 말을 듣고 아이들이 하는 말이 '그건 아닌 것 같네요' 하고 집사람도 '오는 손님도 쫓아버리면서 무슨 장사를 해요' 하고 못마땅한 말을 들었다.

이런 말을 듣고 보니 또 순간 판단력이 흐려서 이 모양이 되었구나 하는 생각이 들었다.

이건 요즈음의 사례이고 평생을 되돌아보면 얼마나 많은 일들을, 수도 없이 많은 일들을 순간 판단력이 약해서 그르쳤던가 하는 생각이 떠오른다.

경험이라 생각하기에는 너무나 많은 일들을 순간적인 판단을 잘못해서 잃었던가? 그때마다 다음에는 느긋이 생각해야지 그리고 대처해야지 하는 생각을 했을 것인데 막상 일을 당하면 순간적으로 명석한 판단을 하지 못하고 손해가 되는 처리를 하고 만, 한 세상이 나의 세상살이인 것 같다.

고쳐야지 하고 생각을 하지만 고치지 못하고 둔한 내 머리만 탓하면서 평생을 살아갈 수밖에 없을 것 같다.

묘지 옆에서

추석날, 갈 곳이 없다.

아침에 차례를 모시고 아들들은 처갓집으로 갔다. 딸들은 추석 전날 시골에 있는 시가집으로 갔다. 아내와 나둘이만 남았다. 고향을 잃지 않은 실향민. 하루 종일 누워 있기는 너무 답답하다.

아내가 바람이나 쐬러 나가자는 바람에 나오기는 나왔는데 마땅히 갈 곳이 없다.

"공동묘지에나 가서 놀다 옵시다."

아내의 말에 "공동묘지는 무슨." 하였으나 마땅히 갈 곳도 없다. 그러자고 할 수밖에 없다.

공동묘지에는 성묘객도 많았지만 꽃을 파는 사람, 낫을 파는 사람, 간단한 제수용품이나 음식을 파는 사람들이 길가에 늘어서서 한 몫을 보고 있었다.

인천으로 이사 온 지 10년이 조금 넘었다. 인천에서는 추석에 벌초를 하고 성묘를 하는 사람들이 많다. 풍습은 지방마다 다르다. 내가 살다온 전라도 지방에서는 추석날 성묘 가는 사람은 없다. 추석 전에 벌초만 한다. 성묘는 설날 차례를 지내고 바로 간다. 설날 산에는 흰 두루마기 입은 어른들과 함께 성묘 가는 가족 친척들이 곳곳에 눈에 띈다. 아마도 기온 탓에 그런 차이의 풍속이 생겨나지 않았나 하는 생각이 든다.

공동묘지는 재개발을 하고 있다. 예전에 있던 묘지들을 정리하고 가족묘지조성을 하여 분양을 하고 있다. 새로 조성된 묘지는 반듯반듯하게 줄을 맞추어 깔끔하게 잘 정돈되어있다. 띄엄띄엄 있는 게시판에는 0월 0일까지 연고신청이 없으면 무연고묘지로 간주하여 화장하여 처리한다고 쓰여 있다.

가족묘지에 성묘 온 아는 사람을 만나 얼마에 분양받으셨냐고 물었더니 800만 원을 주었다고 한다. 살아서나 죽어서나 돈이 없으면 천대받는 세상이다. 죽으면 모든 것이 해결될 것 같지만 죽음도 삶의 연장이다.

얼마 전 매장법이 개정되었다는 기사를 본 적이 있다. 45년간 매장으로 지내고 15년씩 두 번 연장한 후 파서 화장을 하여 어딘가 뿌려야 한다는 내용이다. 그런데 왜 공동묘지는 재개발을 할까. 묘지를 없애는 정책이라면.

그럴 필요가 없을 것 같은데, 하는 생각이 든다. 한 편으로는 과연 우리 한국의 풍습과 풍토에 매장문화가 법처럼 쉽게 없어질까 하는 좁은 생각이 들기도 한다.

우선 매장문화를 화장 문화로 바꾸려면 지도자층이 먼저 솔선수범 바꾸어야 할 것이다. 한데도 얼마 전 전두환, 노태우 대통령은 물론 김대중 씨도 대통령이 될 자리를 잡아 선산의 묘지들을 이전했다는 소문이다. 최근에는 김종필 씨도 대통령이 될 명당을 찾아 조상의 묘를 옮겨 썼다고 TV에까지 방송되지 않았던가. 이 나라 최고의 지도자들이 그러했을 진데 입법기관인 국회의원들은 또 어떻게 하겠는가. 보지 않아도 불을 보듯 뻔한 일이다. 나는 하지 않으면서 남보고만 조상의 뼈를 태우라고 하면 과연 어느 백성이 발 벗고 나서서 조상의 뼈를 태워 아무 곳에나 버리겠는가. 이 땅에 묘지를 없애려면 국립묘지는 물론, 옛 임금님들의 묘인 능묘도 묘는 묘이니 문화재적 가치를 떠나서 없애야 형평성에 어긋나지 않는다고 할 수도 있을 것이다. 서양의 묘지처럼.

산 사람은 수백수천 평의 대지에 50평, 100평, 200평의 집을 선호하면서 한두 평의 묘지가 이 땅을 좁혀먹는다고 하면 그건 이유에 불과하다는 생각이 든다. 인간이 살다 죽어 없어지는 것처럼 묘지도 어느 기간이 경과하면 자연적으로 없어지고 만다. 지금 삼국시대의 묘나 고려나 조선시대의 묘가 얼마나 이 땅에 남아있는가. 얼마 안 될 것이다. 아마도 능을 빼고 보면 민초들의 아주 오래된 묘지를 찾아보기란 쉽지 않을 것이다. 사람이 죽으면 흙으로 돌아가서 잠시 무덤이라는 봉우리 하나로 있을지라도 세월이 지나면 그 역시 평평한 흙으로 돌아가고 말 것이다.

무덤도 자연의 일부라고 생각하면 어떨까. 서양에서는 마당에 무덤을 만들어 놓고 함께 생활한다는 말을 들은 일도 있다. 잔디가 있고 푸름이 있는 자연. 우리가 어렸을 적 낮이나 밤이나 놀던 놀이터는 마당이 거의였지만 무덤에서 놀 때도 수없이 많았었다. 햇볕이 바르고 바람이 시원하고 놀기에 아마도 좋은 조건이 아니었나 하는 생각이 든다. 성인이 되어 산에서 나무를 해가지고 올 때도 쉬는 자리는 거의가 무덤 앞이나 옆이었다.

무덤을 없애는 것보다는 산 사람의 허세에 불과한 집 넓이를 줄이는 것은 어떨까 하는 생각을 해 본다. 50평이나 100평의 집에 살려면 그에 버금가는 자연을 훼손하였을 것이다. 50평이나 100평의 집에서 사는 사람들이 그 넓은 집에서 무엇을 하는지 모른다. 가족끼리 골프를 치는지, 축구를 하는지 아니면, 묘지를 없애자는 얘기를 하는지, 그들의 묘지는 얼마나 더 크게 만들 것을 얘기하는지.

언제 파헤쳐질지 모르는, 누구의 묘인지도 모르는 묘 옆에 앉아 본다. 잔디의 감촉이 부드럽고 벌초 끝의 풀 향기가 달콤하다. 햇볕도 따스하다. 낯선 산 사람의 곁에 있는 것보다 더 편안하다. 묘는 또 다른 우리의 안식처요. 산 사람의 벗이요. 산 사람의 위안처가 되기도 한다. 지금 낯선 어떤 사람과 앉아 있다면 이처럼 편안할 수가 있을까.

죽음과 삶의 경계는 마치 얇은 셀로판지 한 장보다 얇다. 지금 앉아 있는 이 무덤의 죽은 사람이 셀로판지 하나를 사이에 두고 있는 것은 아닌지.

이름도 알 수 없는 벗이여. 사람들이 자연으로 생각지 않는 그대의 집을 나는 지금 자연이라 생각하고 편히 앉아있노라, 속으로 중얼거리는데,

"여보 저것이 뭐예요."

아내가 가리키는 곳을 보니 청설모 한 마리가 우리를 경계의 눈으로 쳐다보고 있다.

내가 죽으면 내 무덤은 사람들이 많이 지나다니는 곳이나 많이 찾아오는 곳에 썼으면 좋겠다. 와서 내 무덤이 닳아 평지가 되도록 뒹굴며 놀다 갔으면 좋겠다.

글맛

글맛. 글을 읽었을 때 감칠맛 나고 고운 깔을 느꼈다면 그 글은 좋은 글이고 잘 써진 글이다. 좋은 글이면서 잘 써진 글이라면 명작이다. 이런 글이 시간과 시대를 초월해서 사람의 마음을 사로잡는다면 영원한 명작이다.

이런 명작을 남긴 사람들은 그 글을 쓰기 위해서 좋은 글감을 고르는 데 심혈을 기울였을 것이다. 요리사가 요리를 할 때 항상 먹는 배추나 무보다는 고기를 구입한다든지 고기보다는 더 희귀한 요리 재료로 싸리버섯이나 송이버섯, 아니면 해삼이나 전복, 더 귀한 것으로 곰발바닥이나 바다제비집 같은

귀한 요리 재료를 구하였듯이 명작을 남긴 작가도 역시 귀하고 좋은 글감을 얻기 위해서 많은 노력을 하였을 것이다.

흔히 다루어지는 글감. 사랑이나 이별, 고향이나 어머

니, 꽃 등등을 재료로 삼아서 글을 쓴다면 아주 훌륭한 요리사가 아닌 바에는 아주 좋은 맛을 내기가 어려울 것이다. 읽는 이의 호감을 사기가 어려울 것이다. 한 예를 든다면 이상의 오감도나 마종하의 빙폭. 한혜영의 퓨즈가 나간 숲 등등 누군가 쓰지 않는 글감을 얻어서 글을 쓴다면 우선 그 재료의 희귀성에서 한 점을 먹고 들어갈 것이다.

좋은 글감을 마련했으면 요리를 잘 해야 한다. 어떻게 쓰면 맛있게 쓸 것인가를 생각해보아야 한다. 어머니는 배추 한 가지를 가지고도 여러 가지의 김치를 담는다. 김치에 들어가는 재료가 요리사에 따라서 조금씩 다 다르다. 멸치젓을 넣는 사람도 있고 새우젓을 넣는 사람. 까나리젓을 넣는 사람. 그런가 하면 어떤 요리사는 갈치나 돼지고기. 명태를 넣기도 한다. 고춧가루나 마늘. 찹쌀풀이나 생강의 양을 적절히 하여도 담는 솜씨들이 각각 다르고 그에 따라 맛이 각각 다른 맛이 난다. 가령 고향을 노래한 것만 보더라도 그렇다. 시인 치고 고향을 노래하지 않는 사람은 별로 없다. 마치 배추나 무로 만든 요리가 우리의 식탁에 끼니 때마다 오르듯이 말이다. 누구의 집이든지 끼니마다 오르는 김치라고 하여도 그 맛이 제각각인 것처럼 고향을 노래했다고 해도 표현에 따라서 느끼는 감정은 각각이 될 것이다. '나의 살던 고향은 복숭아꽃 살구꽃······' 하는 이원수의 고향. '넓은 들 동쪽 끝으로 실개천이 휘돌아 흐르고' 하는 정지용의 고향. '오곡백화가 만발한 내 고향으로 날 보내 주' 하는 흑인의 고향. 같은 고향이지만 맛과 깔이 다 다르다. 위의 고향을 한 번 살펴보자. 누구나 다 겪은 고향의 풍경이다. 하지만 그 요리법이 특이해서 맛이 다른 고향요리가 된 것이다. 이것을 어쩌면 기교라고 해야 할 수도 있을 것이다.

정지용의 향수에서 '얼룩배기 황소가 금빛 게으른 울음을 우는 곳'이나 유치환의 깃발에서 '소리 없는 아우성'이나. 김현승의 '견고한 고독' 등에서 보면 아주 이질적인 양념을 넣어서 맛을 낸 경우를 볼 수 있다. 이런 것이 기교다. 평범한 재료에는 이처럼 이질적인, 아무도 생각지 못한 재료를 넣어야 특이한 맛이 난다.

이런 것들은 책을 놓고 보면서 깍두기는 몇 센티로 썰고 고춧가루는 몇 그램을 넣고 하는 식으로는 안 될 것이다. 우리들의 어머니가 그렇듯이 대충 알아서 해도 맛이 나듯이 오랜 숙련의 과정에서 우러나와야 하는 맛이 아닐까 하는 생각을 해 본다.

어떤 식사

90살 먹은 노모와 70살 먹은 아들이 식당에 들어왔다.
어머니와 아들은 서로 마주 보고 식탁에 앉았다.

아들은 물수건으로 손을 닦았다. 아들이 물컵에 물을
따라 어머니 앞에 놓고 자신의 앞에 놓았다. 벽에 붙은
메뉴를 보고 아들이 장어탕 두 그릇을 시켰다.

어머니가 무엇을 시켰느냐고 물었다.

아들이 장어탕을 시켰다고 대답을 하였다.

어머니는 매운 것을 못 먹는다고 하였다.

아들이 다시 식당 아주머니를 불렀다. 장어탕 하나와
갈치구이 1인분을 달라고 하였다. 아주머니가 하는 말이
갈치구이는 2인분만 된다고 하였다. 아들은 장어탕이 먹
고 싶었지만 장어탕을 취소하고 갈치구이 2인분을 시켰
다. 아들은 갈치를 별로 좋아하지 않았다. 아들은 갈치를
파삭하게 구워달라고 하였다.

갈치구이 식사가 나왔다. 갈치 네 토막에 반찬 서너 가지와 시래깃국과 공깃밥 2개가 나왔다.

어머니는 갈치를 잘 안 먹는다고 하면서 아들에게 먹으라고 세 토막을 아들 앞으로 밀어주었다. 어머니는 정말로 갈치를 좋아하지 않은지 달갑지 않는 얼굴로 갈치 몇 점을 떼어서 먹고 시래깃국에 밥을 말았다.

그 사이 아들의 밥공기가 거의 비워졌다.

어머니는 반 공기 정도의 밥을 수저로 덜어서 아들의 밥그릇에 놓아주었다.

아들은 아무 말 없이 갈치 토막을 작은 것으로 골라 두 토막과 공깃밥을 먹고 물을 마셨다.

어머니는 아들에게 갈치 한 토막을 밀어주면서 맨입으로 한 토막을 더 먹으라고 하였다. 아들은 밥 다 먹었다고 대답하고 갈치 두 토막을 어머니 앞으로 밀어주었다.

어머니는 그때서야 갈치가 맛있네, 하고 손으로 뼈를 발라가면서 한 토막을 아주 맛있게 순식간에 드셨다.

아들은 남은 한 토막을 젓가락으로 뼈를 발라 살만 어머니 앞에 놓았다.

그걸 보고 있던 식당 주인이 밥을 더 가져다 어머니 앞에 놓아주었다. 어머니는 식당 주인이 더 가져다준 밥에다 남은 갈치 한 토막을 맛있게 드셨다.

아들은 어머니가 식사를 하는 동안 계산대에 가서 계산

을 하였다. 계산을 하고 아들이 제자리로 돌아와 앉았다.

식사를 마친 어머니가 주머니에서 돈을 꺼내면서 밥값이 얼마냐고 물었다. 아들이 계산하였다고 하였다.

식사를 하는 동안 어머니와 아들은 별로 말이 없었다.

서먹서먹한 분위기였다.

어머니는 아들이 열 살 되던 해까지 8년을 혼자 살다 개가해 갔었고 거의 왕래가 없었던 사이였다.

아들은 어머니의 주민등록증 복사본이 필요했다. 수 차례 전화하였으나 귀가 안 들려 무슨 말인지 모른다고 하면서 어머니는 결국 보내주지 않았다.

아들은 결국 인천에서 여수까지 7시간을 차를 타고 찾아왔고 만나서 한 점심식사였다.

식사를 마친 뒤 어머니는 아무 말 없이 문구점으로 가서 주민등록증을 복사를 해서 주었다.

그걸 보고 있던 며느리(재혼해 가서 낳은 아들의)가 '보고 싶었는가 보네요.' 하고 말하였다.

나와 어머니

송아지가 목이 쉬어 울고 있다. 엄마소는 팔려갔는가. 무논 갈이 일을 나갔는가. 아니면 젖을 떼기 위하여 송아지만 따로 떼어 묶어 놓았는가. 흰 구름은 미동도 없이 하늘에 걸려있다. 바람 한 점 없다. 나무들은 꿈쩍도 안 하고 그 자리에 서 있다. 새들은 나뭇가지를 옮겨 다니며 울음을 우는지, 노래를 하는지. 세상 모든 것 그대로인데 송아지에게만 엄마소가 없다. 송아지는 다른 암소를 엄마소로 착각하고 젖을 빨려고 한다. 배 밑으로 고개를 들이밀다가 뒷다리에 차여 물러난다. 송아지가 엄마소가 되었을 때 알 수 있을까. 엄마소가 송아지를 떼어놓고 팔려갈 때 엄마소도 송아지를 못 잊어 뒤돌아보고 뒤돌아보고 울며 울며 떨어지지 않는 발길을 끌려가고 있었음을.

어머니 나에게도 어머니가 있었던가. 남자와 여자 사이에서 아이가 태어나면 남자는 아이의 아버지가 되고 여자는 아이의 어머니가 되는 것. 이렇게 생각하면 나에게도 어머니가 있었다. 아니 그보다도 더 오랜 세월 내가 열한 살 때였으니까 한 십 년 동안은 나에게도 어머니가 분명 있었다.

넉넉지 못한 살림 꾸려가며 농사일 틈틈이 저고리 앞가슴 풀어 통통 불은 젖을 물려주시고 무명 기저귀를 갈아주셨을. 하루 세 끼 밥을 챙겨주시고 잘못한 일 있으면 종아리를 회초리로 때리셨을. 그러나 어찌 된 일인지 어머니에 대한 기억은 아무것도 없다.

내가 열한 살 때 초가을 무렵. 여동생과 툇마루에 앉아 놀고 있을 때다. 울 밑 논에 벼가 익어갈 무렵이다. 어머니는 작은 보따리 하나를 들고 논 옆길을 가시면서 '하선아, 새 잘 봐라' 하고 가신 뒤 돌아오지 않았다. 어렸을 적 어머니에 대한 기억은 오직 이 한 마디밖에 남은 것이 없다.

다른 사람들은 너댓 살 적 일도 기억을 한다는데 나는 왜 열한 살 때 일까지 어머니에 대한 기억은 생각이 나지 않는지. 어머니에 대한 곱고 예쁜 기억 몇 쯤 가끔 가슴속에서 꺼내볼 수 있다면 얼마나 좋을까.

나는 그렇다고 어머니를 원망은 하지 않는다. 아니 예전에는 참 많이도 어머니를 원망했다. 열한 살 된 나와 두 살 아래인 여동생을 두고 개가하여 가버린 어머니. 다른 사람들은 개가하였어도 두고 간 자식을 못 잊어 주머니 둘을 찬다는데. 주머니 둘 차기는 고사하고 영원히 잊어버린듯 소식 한번 없던 어머니.

　팔십이 넘은 할아버지 할머니 밑에서 자란 나. 연세가 많으셔서 언제 돌아가실지 모른다고 손주 장가라도 보내놓고 돌아가셔야 한다면서 내가 열일곱 살 때 이웃마을 처녀에게 장가를 보냈다. 장가를 보내면서 어머니가 사는 곳을 알고 있다는 지인을 통해 아들 결혼식에 다녀가라는 연락을 보냈었지만 아들 결혼식에도 어머니는 오지 않았다. 할아버지는 내가 결혼을 하고 일 년 후에 여든여섯의 연세로 돌아가셨다. 돌아가시기 전 어머니 얼굴이라도 한 번 보고 싶어 하셨으나 오시지 않았다.

　어머니와 헤어진 뒤 나와 다시 만난 것은 스물한 살 때였다. 병역면제 관계로 별거 서류를 떼러 갔을 때였다. 어머니 사는 곳을 몰랐기에 외삼촌을 모시고 동행을 했다. 겨우 못 이겨 동사무소에 가서 서류 한 장 떼어주고 쫓듯이 빨리 가라 했다. 그 뒤 병역 서류 관계로 피치 못하게 두어 번 더 갔었다. 쫓겨 오듯이 걸음을 돌려야 했다. 풍문에 들으니 의부라는 사람이 술주정뱅이라 내가 간 것을 알고 몹시 두들겨 맞았다고 했다. 모자간의 발길은 다시 끊어졌다.

　그 후 십여 년이 훌쩍 넘었을까. 어떤 날 나를 찾아온

군인이 한 사람 있었다. 알고 보니 어머니가 개가해 가서
난 아들이었다. 휴가를 나왔는데 한 번 보고 싶어서 찾아
왔다고 했다. 형제간 숫자를 물어보았더니 아들 둘에 딸
둘이라고 했다. 의부는 나를 주기 위해서 다른 주머니를
차지 않았나 하고 항상 의심했다고 했다. 나는 그 말이
나오기가 바쁘게 말했다. 부둣가 포장마차 천막집에서
20원짜리 밥 한 그릇 얻어먹은 일 밖에 없다고. 나는 병
역관계로 서류를 떼기 위해서 두서너 번 갔었으나 딱 한
번 20원짜리 밥 한 그릇을 얻어먹었을 뿐이었다. 그 뒤
로도 의붓동생이 몇 번 다녀갔다. 의부가 죽었다고 했다.
의부가 죽은 후 나는 아내와 함께 두어 번 찾아갔다. 어
머니는 나에게 따뜻한 정이 없는 것 같았다. 나도 사실
어머니에게 대해서 따뜻한 정은 없었다. 어머니와 아들이
라는 관계 밖에는. 서로 아옹다옹 살 비비며 살아야 정도
있는 것인지.

　사실 나의 어머니는 나를 길러주신 할머니와 작은 어머
니, 이웃 아주머니들 대소가 일가친척 아주머니들이 나의
어머니인 것이다.

　차차 나이 먹어갈수록 어머니가 개가를 하신 것이 잘한
일이라는 생각을 한다. 어머니 스물세 살 때 스물다섯 살
이셨던 아버지가 여순반란사건 당시 양민학살현장에서 돌
아가셨으니 너무나 젊은 나이에 청상과부가 된 어머니.

혼자 사신 십 년 세월이 얼마나 고통의 세월이었겠는가. 젊은 나이 혼자 사실 수도 있었겠지만 설령 자식만 보고 살았다 하더라도 자식들이 그 고통을 어찌 무엇으로 보상해드릴 수가 있었겠는가. 어머니가 개가를 하신 것은 나에게는 큰 불행이었으나 어머니를 위해서는 참 잘한 일이었다. 그런 생각을 하면서도 그리움보다는 원망이 가시지 않는 것은 내가 속이 좁은 탓이리라.

어머니가 회갑을 맞았을 적이다. 의붓동생들이 조촐하나마 생일상을 차린다고 해서 내 가족이 그 자리에 갔을 때다. 어머니는 죽으면 나의 선산에 묻어달라고 하셨다. 나는 그 말을 듣고 원망이 조금 녹아져 내림을 느꼈다. 잘못된 역사 때문에 한 세월을 고통으로 살아온 어머니. 내가 어떻게 원망해야 할 이유도 없는데.

작년 음력 시월이었다. 전화를 했더니 '시제 때 내려오면 들릴 줄 알았다.' 하시던 말씀 한 마디가 내 가슴을 짜릿하게 했다.

타조알같이 단단한 원망의 껍질 속에 탄생의 신비를 간직한 따뜻한 모자의 핏줄이 나와 어머니 사이에도 아직까지 이어지고 있었단 말인가. '다음에 내려가면 꼭 들렀다 올게요' 나는 혼자 속으로 대답하고 있었다.

백석 시집 한 권이 10억

백석 초판본 시집 『사슴』(1936년 1월 20일 발행).

희귀본 시집 수집가 배○○씨가 백석 시집 '사슴'을 사기 위해 1억을 들고 찾아갔지만 10억을 부르기에 포기하고 왔다고 한다.

백석 시인을 사랑했던 김영한 여사가 천억 재산을 법정 스님에게 기부하면서 '이까짓 것은 백석의 시 한 줄만 못하다'고 한 것은 이 세상 사람들이 거의 아는 얘기다.

시 한 줄이 천억 재산보다 더 좋다고 했는데 그런 시집 한 권이 10억이라, 당연한 가격이다 싶으면서도 부러운 마음이 한없다.

밖에 눈이 내린다.

백석 시 한 편을 읽는다.

나와 나타샤와 흰 당나귀

백 석

가난한 내가
아름다운 나타샤를 사랑해서
오늘밤은 푹푹 눈이 나린다

나타샤를 사랑은 하고
눈은 푹푹 날리고
나는 혼자 쓸쓸히 앉어 소주(燒酒)를 마신다
소주(燒酒)를 마시며 생각한다
나타샤와 나는
눈이 푹푹 쌓이는 밤 흰 당나귀 타고
산골로 가자 출출이 우는 깊은 산골로 가 마가리에
살자

눈은 푹푹 나리고
나는 나타샤를 생각하고
나타샤가 아니올 리 없다
언제 벌써 내 속에 고조곤히 와 이야기한다
산골로 가는 것은 세상한테 지는 것이 아니다
세상 같은 건 더러워 버리는 것이다

눈은 푹푹 나리고
아름다운 나타샤는 나를 사랑하고
어데서 흰 당나귀도 오늘밤이 좋아서 응앙응앙 울
을 것이다

백석이 자야를 그리워하면서 쓴 시다.

북에는 백석 남에는 영랑이라는 말이 있다.

영랑은 부잣집 뜰에 주로 심어져 있었던 모란을 좋아하
였다.

영랑은 부잣집에서 자랐기 때문에 부잣집 뜰에 주로 많
이 심어져 있던 모란을 날마다 보면서 자랐고, 모란에 대
한 좋은 시를 남겼을 것이다. 남도의 말을 잘 구사하여
시를 썼기에 남에는 영랑이라 할 것이다.

백석은 북쪽이라 긴 겨울의 많은 눈을 보면서 자랐을
것이다. 이런 특성상 특히 눈을 좋아했던 모양이다.

백석은 북방 지방 언어를 빛내는 시를 많이 썼기에 북
에는 백석이라고 사람들은 말을 한다.

밖에 흰 눈이 내린다.

눈 내리는 겨울 백석이 쓴 이런 시 한 편을 가끔 읽어
보는 것도 좋다.

나는 언제 시다운 시 한 편을 쓸 수 있을까. 백석처럼
천재가 아니라서 가당치 않은 것인가. 백석처럼 잘 생긴

용모가 아니라서 아예 애인은 없다. 때문에 백석처럼 애인을 그리워하는 시는 쓸 수가 없는 것인가.

백석처럼 애인을 그리워하는 것이 아니다.

시 한 편을 그리워하는 것이다.

푹푹 흰 눈이 내린다. 나에겐 나타샤도 없고 당나귀도 없다. 내 시가 남의 눈을 끌지 못해서 내 시를 사랑해 줄 사람도 없다. 백석은 가난해도 부자였는데, 나는 밥을 굶지 않을 정도는 되어도 가난하다.

백석처럼 잘생기지 못해서 지극정성으로 나를 따르는 애인이야 없다고 해도, 재주가 없다고 해도, 하지만 나도 사람인데 어찌 욕심이야 없겠는가.

신이시여 나에게도 시다운 시 한 편을 내려주소서.

흰 눈이 내리는 날 백석의 시 한 편을 읽으면서 마음 속으로 빌어본다.

세상은 친절하더라

세류역에서 내려서 걸어갈 참이다. 세류역에서 내려서 택시기사님께 물어볼까 하다가 바로 앞에 버스정류소가 있는 것을 보고 그만두었다. 버스정류소에 있는 24-1번 버스행선지 표를 보니 3정거장이다. 3정거장 정도면 10분, 늦어도 20분 정도 걸으면 충분히 갈 수 있다. 방향을 보니 길 건너가 아니고 내가 지금 서 있는 방향이다.

길을 따라 걷기 시작했다. 내 걸음은 비교적 빠른 편이지만 오늘은 시간도 많고 하여 천천히 여유롭게 걸었다. 10여 분을 걸었는데도 건물이 거의 없고 버스정류장도 나오지 않는다. 변두리 쪽이라 그런가 보다 하고 걷고 있는데 맞은편에 가방을 등에 짊어진 분이 오고 있었다.

"죄송하지만 길 좀 물어봅시다. 터미널로 가려면 많이 가야 합니까?"

하고 헤프나마 물어보았다.

"잘못 오셨네요. 터미널은 저쪽인데요."

하고 손을 들어 가리킨 곳은 내가 오던 방향이다. 오던 방향에서 좌측, 지금 되돌아 서 있는 방향에서 우측이다.

"상당히 먼 데요, 이삼십 분 걸릴 것인데 버스를 타셔야 될 걸요."

"시간이 넉넉해서 천천히 걸어가려고요. 터미널에 있는 예식장에 가는데 일찍 가서 기다리기도 지루하고요."

"저기 사거리 말고요. 저 사거리 지나서 쭉 가면 또 큰 사거리가 나와요. 거기서 우측으로 쭉 가시다 좌측으로 가시면 터미널이에요."

"아, 저기 골프장 그물 있는데요."

"예, 거기서 조금 더 가면 되는데 보기는 가까워도 먼 거리예요."

"지금 내가 오던 길로 쭉 가면 어디로 갑니까."

"그쪽으로 쭉 가면 천안으로 가는 길입니다."

그 분을 만나지 않았더라면 미련하게 바보 같이 사람도 없는 거리를 한없이 가다가 차도 없는 거리에서 허둥댈 뻔했다.

함께 걸어서 사거리까지 오면서 다음 사거리는 저기냐고 물었더니 세류역 지나서 한참을 더 가면 큰 사거리가 나온다고 하였다.

내가 반대쪽으로 온 것이다. 그 분과 사거리에서 헤어

졌다. 그리고 보니 타라던 24-1번 버스를 한 대도 못 본 것이 생각났다. 세류역 앞에 와서야 24-1번 버스를 볼 수 있었는데 버스가 바로 쭉 가지 않고 세류역 앞에서 돌아서 내가 온 반대편으로 가는 것을 보았다.

한참을 더 가는데 조금 초조해지기 시작하였다. 세류역을 지나서 다른 사람에게 다시 물었다.

"쭉 가시다 사거리에서 좌측 수원역 쪽으로 가시면 됩니다. 바로 가시면 시청이고요. 한 30분 정도 걸릴 것인데 차 타고 가셔야 될 겁니다."

헌데 이상했다. 처음 분은 우측이라고 했는데 방금 만난 분은 좌측이라고 한다. 가다가 다시 물어보아야 하겠구나, 속으로 생각을 하면서 걷고 있는데 저 뒤에서 "여보세요, 여보세요." 하는 소리가 들렸다. 뒤돌아보니 조금 전에 길을 가르쳐준 분이 뛰어오고 있었다.

"왜 그러세요." 나도 그분 쪽으로 다시 가면서 물었다.

"죄송합니다. 내가 잠깐 착각을 했나 봅니다. 터미널이라고 하였는데 수원역으로 착각을 하고 수원역 가시는 길을 가르쳐 드려서요. 터미널은 오른쪽으로 가셔야 하는데… 바로 옆에 우리 아파트로 들어가셔서 쭉 가시면 뒷담 벽 끝 부분에 후문이 있는데 그리로 나가셔서 조금 가시면 됩니다."

"예, 감사합니다."

조금 걸으니 미영아파트가 나왔다. 그 아파트로 들어가서 마지막 동 앞으로 쭉 갔더니 후문이 나왔다. 올라가서 물었더니 저기 큰길에서 좌측으로 조금만 가면 된다고 가르쳐 주었다.

길을 잘못 가르쳐 주었다고 가던 길 뒤돌아서 뛰어와 다시 가르쳐주고 가신 분이 미안하기도 하고 고맙기도 하다.

그렇다 오늘 날씨처럼 일 년 대부분이 맑은 날이지만 사람들은 맑은 날은 기억을 하지 않는다. 어쩌다 비나 눈, 태풍이나 폭설이 오면 우리는 그날을 잊지 않고 기억을 한다. 만나는 사람 또한 대부분 친절하고 좋은 분들이지만 대부분의 맑은 날처럼 쉽게 지나치고 기억을 하지 않는다. 소수의 불편한 사람만 기억을 하는 것이다.

조금 전 그분에게 다시 감사한 마음을 속으로 전한다.

너무 완벽하려고 애쓰지 말자

밖에 눈이 펄펄 날린다. 먼 산은 마치 아름다운 동양화한 폭이다. 마당과 길은 하얀 눈이 흠 하나 없는 모조지다. 이런 표현은 내가 잘못 말한 표현이 될 것이다. 동양화가 저 풍경을 다 그릴 수 없을 것이며 모조지가 아무리 희고 깨끗해도 저 흰 눈을 따르지 못할 것이기 때문이다.

사람들은 눈을 보면 거의 감탄한다, 아름답다고. 그러나 싫어하는 사람도 많다. 눈길에 미끄러져 고생을 한 경험이 있는 내 아내는 눈이란 소리만 들어도 겁부터 먹는다. 어떤 분은 옛날에는 눈 오는 날이 좋았는데 오르막길에서 차가 미끄러진 뒤부터는 겨울이 오면 눈보다 더 싫은 것이 없다고 한다. 눈을 치우는 일에 종사하는 사람, 또는 다른 이유로 눈을 반겨하지 않는 분들도 많다.

꽃을 싫어하는 사람은 아마 없을 것이다. 세상 사람들은 다 꽃을 좋아하니까. 그러나 그것은 나의 좁은 소견이리라. 꽃가루 알레르기가 있는 사람은 꽃보다 더 싫은 것은 없을 것이다. 이런 생각을 하고 보니 꽃을 미치게 좋아하는 사람은 얼마 되지 않을 것 같다는 생각이 든다. 보기 좋고 향기 좋으니 그런대로 좋아하는 편이라고 말하는 사람이 대부분일 것 같은 생각이 든다. 나부터도 그런 생각이 드니까. 편견적인 말인지는 모르지만.

나는 꽃을 사는 일이 별로 없다. 꽃보다 꽃을 사는 돈이 더 아깝기 때문이다. 어쩌다 꽃다발을 받는 경우가 생겨도 그 아름다움의 값어치보다는 시들면 버릴 일이 걱정으로 앞을 선다.

과일을 싫어하는 사람보다 과일을 좋아하는 사람이 세상에는 월등히 많을 것이다. 맛있고, 향기롭고, 몸에 좋고, 등등의 이유가 있어서다. 하지만 과일을 먹으면 과일 알레르기가 있는 사람은 과일을 싫어할 것이다. 복숭아 알레르기가 있는 사람은 복숭아 곁에도 안 가려고 할 것이다. 신 것을 싫어하는 나는 포도, 사과, 귤, 자두, 등의 과일은 보기만 하여도 눈이 찡그려진다. 어릴 때 감을 먹고 변비로 고생을 한 경험이 있는 내 아들 하나는 지금도 감을 먹지 않는다.

꽃, 과일, 눈 등을 이런 식으로 말하다 보니, 다 좋아할 것 같은 이런 사물들도 엄밀히 따진다면 진짜 좋아하는 사람은 아마 이 세상 사람 절반도 안 될 것 같다는 생각이 든다.

언젠가 이런 말을 들은 일이 있다. 모든 사람에게서 다 좋다는 말을 듣는 사람이 있다면 그 사람은 바보일 것이라는 말이다. 보통사람이라면 20%는 좋아하는 사람이 있을 것이고, 20%는 싫어하는 사람이 있을 것이다. 나머지 60%는 좋아하지도 궂어하지도 않은 사람일 것이다.

조물주가 완벽을 기해서 만들었을 꽃이나 과일, 눈, 등도 완벽한 지지를 얻지 못하는데 하물며 감정을 가진 사람이야 어찌 완벽을 얻으려 할 수 있으랴. 완벽한 사람이 되려고 애쓰는 사람들이 많겠지만, 아니 사람이라면 거의가 그런 생각을 갖겠지만, 완벽한 사람이 되려고 애쓰지 말자. 완벽한 사람이 되려고 애쓰면 나 자신이 더 힘들어지고 나 자신이 더 바보가 될 것이다.

자녀에게도 완벽함을 기대하지 말라. 그럴수록 상대도 나도 더 힘들어짐만 가중될 것이다.

나를 알고 있는 사람이 열 명이라면 그중 셋만 나를 진정으로 좋아해 준다면 그 사람은 보편적으로 보아서 좋은 사람이라는 평가를 받을 것이다. 그러나 열 명 중

셋이 나를 싫어하는 눈치라면 그건 아마 깊이 살펴보면 다섯 명이 나를 싫어하는 사람이 될 수도 있을 것이다. 이런 분은 조금 더 성격을 고치려고 노력을 해야 하겠지만, 보통 사람들이라면 너무나 완벽을 기하려 애쓰는 사람이 될 필요는 없다. 사는 대로 마음 편하게 살아가는 것이 제일 좋은 방법이다.

꽃은 보편적인 자기들 방식대로 피어나고, 과일은 보편적인 자기들 방식대로 열매 맺고 익어갈 것이다.

·

첫사랑의 달콤한 향기를 마른 잎 덮어두고

계양 무지개길(천천히 함께 걸으면서 이야기 나누는 계양구의 일곱 군데 숲·생태, 자연, 문화, 역사, 체험길) 해설가 교육을 받으면서 넷째 날 목상동 길에 갔다.

교통편이 썩 좋은 곳은 아니다. 또 내가 오전 교육 끝나는 대로 바로 와야 하기에 차를 가지고 갔다. 평상시 40분 정도 거리는 걸어 다니고 전철을 많이 이용하는 편이어서 차는 집에 거의 세워두는데 오늘은 차를 가지고 나오니 아내가 조심해서 다녀오라고 걱정을 해주었다. 내 서툰 운전 실력 때문이다. 일 년 내내 가만히 세워놓아도 보험료, 재산세, 환경부담금, 검사비 등등 계산하면 백삼사십만 원은 그냥 나간다. 한 달에 십만 원 꼴인데 택시를 타고 다녀도 반에 반도 안 들어갈 것을 차를 못 없애고 있었는데 모처럼 쓴 것이다.

나이 먹어갈수록 차는 없애고 큰 집은 갖지 말라고 했는데…….

노랑 대문 집 앞 주차장에 차를 세워두고 교육에 참여하였다.

계양산 남쪽 부분은 거의가 다 계양산업이 보유한 사유지이고 북쪽은 거의가 다 롯데그룹의 땅이라고 한다. 롯데가 계양산에 골프장을 만들려고 했던 곳이라고 한다.

환경단체에서 골프장 건설 반대운동을 하고 시민들 역시 반대를 하였기에 골프장 건설이 백지화된 곳이다.

사실상 자세히 들여다보면 환경단체의 반대나 시민들의 반대 효과도 컸겠지만 당시 송영길 인천시장의 강력한 반대의사 때문에 백지화되지 않았나 하는 생각이 더 많이 든다. 삼성을 비롯한 한국의 재벌들은 국민이나 시민이나 환경단체보다는 정치권을 무서워하는 것이 지금도 곳곳에서 불거지고 있지 않은가.

강사로 오신 분은 환경단체의 회장이어서 그런지 유독 환경보호나 환경보전에 대한 이야기를 많이 하였다.

노랑 대문 집에서 조금 올라가니 쭉쭉 뻗어 자란 소나무 숲이 나왔다.

골프장 건설 반대운동을 할 때 환경단체의 여자회원이

소나무 높은 곳에서 두 달인가 세 달인가 내려오지 않고 투쟁을 했다는 소나무는 그중에서도 굵은 걸로 세 그루가 삼각형으로 서 있다. 마치 투쟁의 의미를 후세에 오래오래 남기려는 듯 꼿꼿한 기개가 하늘을 찌를 듯하다.

기슭으로 올라가자 밭 같은 평지가 나왔다. 다른 곳 같으면 나무를 심었을 만한 곳인데 골프장 건설에 유리하게 하기 위해서 나무를 심지 않고 묵혀 두어서 칡덩굴이 우거져 덮고 있다고 한다. 마치 칡덩굴이 떼 지어 모여 앉아 외치는 반대의 함성처럼 주먹을 휘두르며 뻗어 오르고 있다.

둘레길 코스를 돌아서 오는 가운데쯤에 개 사육장이 있다고 한다. 개는 숲에 가려져서 보이지 않았으나 개 짖는 소리가 계속 들려왔다.

개 사육장 뒤쪽 편 마른 계곡에는 도롱뇽 서식지로 계양산에서 제일 많은 수의 도롱뇽이 있는 곳이라 하였지만 지금은 겨울이고 물이 없어서 볼 수는 없었다.

한 바퀴 돌아나올 때쯤 계수나무 숲이 있었다. 숲에 들어서자 달콤한 향이 가득 고여 있다가 우리를 맞아주었다. 교육에 참여하신 일행 중 한 분인 이 선생님이 예전에 다른데서 숲 해설가 교육을 받을 때 거기 오신 강사가 하는 말이 마른 계수나무 잎의 향을 '달콤한 첫사랑의 향내'라고 표현을 해서 가르쳐 주었다고 하였다. 어쩜 그리도 아름답고 절묘하게 딱 떨어지는 표현을 생각하였는지 시를 쓰는 내가 들어도 훔쳐오고 싶은 표현이다.

한참을 계수나무 숲향에 취해 있다가 첫사랑을 등 뒤에 두고 나오듯 아쉬운 마음을 두고 나오자 바로 연결된 곳이 하늘을 찌를 듯이 꼿꼿이 서서 청청한 기개를 뽐내고 있는 소나무 숲이다.

소나무 숲에는 어느 유치원에서 왔는지 아이들이 열대여섯 뛰어놀고 있었다.

소나무와 소나무에 끈을 길게 묶어 줄을 치고 한 줄로 쭉 걸어놓은 유치원 가방이 퍽 아름답고 신기하다. 길게 나란히 줄을 맞추어 걸어놓은 가방과 숲에서 아무런 간섭 없이 마음껏 뛰어노는 아이들을 감싸듯, 축하를 해주듯 소나무 사이로 내려온 화사한 햇살이 오색으로 찬란히 빛나고 있다.

우리가 오늘 천천히 걸어온 길은 목상동 길이고 바로 옆 계곡 들머리에는 다남동이다. 다남동은 남자가 많은 곳이라는 의미로, 남자아이들이 많이 태어난다는 의미로 지어져서 옛날에는 아이를 갖기 위해 다남동으로 일부러 이사를 온 사람들도 많았다 한다. 다남동에 많이 태어났다는 아이들이 지금도 온 나라에 많이 태어나서 방금 숲에서 본 유치원생들처럼 아름다운 숲에서 파릇파릇 뛰어노는 그런 아이 풍년이 왔으면 얼마나 좋을까 하는 부질없고 아쉬운 생각을 하면서 귀갓길에 발을 올려놓는다.

판 권
소 유

운파 귀인은
누구에게나 온다

초판인쇄 2019년 2월 15일
초판발행 2019년 2월 20일

저 자 정 하 선

발 행 처 ❂ ㈜이화문화출판사
등록번호 제 300-2015-92호
주 소 서울시 종로구 인사동길 12, 310호 (대일빌딩)
전 화 02-732-7091~3 (구입문의)
F A X 02-738-5153
홈페이지 www.makebook.net

값 15,000원